童子剑

冯玉奇◎著

民国武侠小说典藏文库·冯玉奇卷

中国文史出版社

目　录

第一回

舞宝剑别具心肠
赚玉杯另有用意

话说广西省桂林县地方，万山重叠，古木参天，道路崎岖，形势险恶，原为盗匪出没之区。内中有个长蛇岭，高峻万分，羊肠小路，人入其中，茫无所归。上面有个清风寨，寨主马天王，年已六十四岁，生得面如白玉，银髯飘飘，精神万倍，使用一柄盘龙大刀，足有一百五十斤重。手下有四个大头目，个个武艺出众，故而势力浩大。马天王有女名梨影，年方十八，生得芙蓉其颊，杨柳其腰，柳眉杏眼，十分艳丽。她是智了师太的徒儿，潘莲贞便是她的师妹。这些事实，早已在《龙虎剑侠缘》中交代明白，想阅者诸君，定亦明白。

且说这夜月明星稀，云淡天青。马梨影和寨中三头目杨梦豹正在房中谈心，忽见潘莲贞姗姗进来。莲贞见梦豹先在，顿时满颊红晕，意欲回身退出，却被梨影喊住，笑道：

"莲妹，既已进房，为何忽又退出？此何故耶？"

1

莲贞被她一喊，不得不停住脚步，望着她嫣然一笑，说道：

"三爷在姐姐房中，妹子来得不凑巧呢。"

梨影站起身子，瞅她一眼，娇嗔着道：

"三爷又非外人，你难道还害羞不成？"

莲贞微红了两颊，摇头道：

"妹子倒不怕羞，只是怕姐姐怪咱不识趣耳。"

梨影闻说，一面携莲贞之手，一面却啐了她一口，于是两人不觉相顾而笑。这里杨梦豹和莲贞见礼，彼此分宾主坐下。梦豹望着莲贞的粉颊，说道：

"咱们在寨中相聚，倒也有不少的日子了，却是没有见过莲小姐的武艺，虽听梨小姐告诉说师妹本领非常，尤其剑法精熟，趁着今夜月色如昼，不知肯否给咱们欣赏一回？"

莲贞笑道：

"你听师姐胡说，咱的本领最是平凡，怎敢在三爷和师姐面前献丑，岂非班门弄斧吗？"

梨影噘着嘴儿喷了一声，纤手轻轻向她身上打了一记，笑道：

"你别客气吧！人家请教你了，你就搭架子了。来，来，今夜月色果然很好，咱也有兴趣去玩一回剑，那么咱们就一同去舞吧！"

说着，站起身子，在壁上取下两柄宝剑，一柄交付莲贞。莲贞见她有兴，遂接剑在手，大家跨步走出房去。到了小院子里，只见清辉的月光之下，四周映现着矮矮的枣树，绿绿的叶子，被风轻轻地吹动，那含有诗情画意的黑影，倒映在地，却是令人感到了不少的情趣。梦豹道：

"莲小姐，你就先舞一回，然后马小姐和你对舞，那才出色哩！"

莲贞握着剑柄，向两人拱了拱手，笑道：

"恭敬不如从命，就献丑了。"

说着，便把剑慢慢地舞动起来。梦豹见她起初只不过前三后四、左五右六地舞着，谁知舞到后面，竟变成一团白光，在月光下面瞧来，寒气逼人；再后连她的人影儿也不见了。梦豹到此，便连声喝彩。梨影见梦豹发狂似的叫好，这样赞美的神情，未免酸溜溜地有些醋意，秋波白了他一眼，便也舞动宝剑。不多一会儿，只见雪花点点，白浪滚滚，两团银光，耀人眼白。梦豹见了，更加拍手喝彩。不料彩声未完，两人早又同时收住剑光，亭亭玉立在眼前。梦豹见两人虽然脸泛红霞，却是并不娇喘，一时啧啧称羡，赞不绝口。莲贞忍不住嫣然一笑，说道：

"三爷不要褒奖，那倒反使咱们不好意思哩！"

梦豹觉得莲贞这一笑，真有说不出的妩媚，和梨影相较，确实另有一种倾人的风韵。一时心里不免有些想入非非，遂也微微地向她一笑。不料瞧到梨影眼里，感觉到两人有些眉目传情，心殊不悦，便自行先进房去。莲贞似乎有些理会，遂也跟着进房，把剑放在桌上，向梨影望了一眼，笑道：

"师姐，为何脸现不悦之色？"

梨影遂忙展然笑道：

"谁现不悦之色？师妹为什么多心如此呀？"

莲贞道："咱因见你忽然进房，不是叫我心里见疑吗？"

梨影眸珠一转，掉了一个枪花，说道：

"不知怎的，好好忽然有些头疼起来，所以急急进房了。"

说着，颦锁蛾眉，故作痛苦之状。莲贞信以为真，遂上前握住她手，摸了一摸，觉有些热躁，因拉到床边，说道：

"既有些不舒服，那么你就早些安睡吧！"

这时梦豹亦已进房，闻说梨影身子有些不适，心中倒吃一惊，急问有什么难过，快赶紧请个大夫来瞧，不然，岂非身子受苦。梨影见他神情颇为认真，满腹妒意也就慢慢消去。一面把身子靠向床上去，一面摇了摇头，说道：

"没有什么大病，何必大惊小怪。"

莲贞见两人柔情蜜意，觉自己在这儿甚为不便，于是先行辞出回房。梦豹待莲贞走后，遂关上房门，走到床边坐下，手按了按她额头，却没有什么热度，因小心地问道：

"梨妹，你可有头疼没有？"

梨影见他这个模样，忽然从床上坐起，恨恨地把他手甩开，瞅他一眼，娇嗔道：

"你倒是好心，咱活活泼泼的一个人，你希望咱生病吗？"

梦豹冷不防被她这么一来，倒不禁为之愕然，呆住了一回，忍不住笑道：

"你这话好新鲜，身子有些不舒服，也是你自己说的呀！"

梨影自己想想，也忍俊不禁，却又把纤指向他额际一戳，撇了撇嘴，说道：

"你这个没良心的种子，姑娘待你多少恩情，谁知你心存不良，意欲勾搭人吗？"

梦豹听了这话，方知为了自己赞美莲贞几句，所以她心里不自在，而生起女人家的妒病来，一时暗想：你这种淫娃，岂是好女子？去年那夜来了一个什么花如玉，你就不要咱了。见一个爱一个，贪得无厌，自己爱不专一，怎么倒反怪咱勾搭莲贞呢？梦豹心里虽然这样想，但嘴里当然不敢说出来，假装毫无头绪地说道：

"梨妹，你这话说得咱太不明白了。咱何曾勾搭什么人呀？自从和妹妹结识以来，多承热烈相爱，咱的心里就只有你一个人，难道还敢有什么妄想吗？好妹妹！你别冤枉咱了。"

梦豹说着话，把手去环到梨影的脖子上，凑过嘴要去闻她颊上的香。梨影不情愿又不拒绝地瞟他一眼，鼓着小腮儿嗔道：

"罢呀！别叫你说什么好听话儿了。你不想勾搭人，为什么连连赞不绝口地讨好呢？人家说佩服得五体投地，咱瞧你刚才情景，真好佩服得六体投地了呢！"

梦豹见她虽然娇嗔，却并没有怒意，遂把她纳入怀里，笑道：

"你说咱佩服得六体投地，那除非把咱六体投到你的身上来吧。"

说着，便熄了灯火，梨影扑哧一笑，于是两人仍复和好如初。

莲贞在清龙寨住下，光阴匆匆，不觉已将一年。今夜到师姐房中来，原是探听九龙白玉杯的下落，谁知梦豹先在，要求舞剑欣赏。经此一打岔，又被梨影一吃醋，你想，叫莲贞怎么还能够插得上嘴去问这个事情呢？自然只好快快地回房了。原来莲贞在道清庵里被周美臣教训了一顿，并劝告勉励了一番，使她顿开茅塞，感到以前种种淫荡的生活，实在是不合理的。于是她决心痛改前非，立志做个好人。不料去年花如玉、周美臣因探盗白玉杯，曾被天王所擒，巧被莲贞瞧见，想起前时美臣不杀之恩，于是这次亦冒险相救，并允许美臣代为盗回白玉杯，以报他的大德。此事在《龙虎剑侠缘》中业已详细说明，且表过不提。

再说莲贞回到房中，坐在床边，手托香腮，呆呆地只是细想心事。想到自己身世之可怜，以前生活之无耻，不免又暗自泪抛。夜阑人静，听外面梆子已敲三更，于是也就脱衣安息。到了第二天夜里，莲贞方欲就寝，忽听有敲门之声，心以为必是师姐梨影来了，遂把门儿开了。口里正待喊出师姐，不料进来的并非师姐，却是三头目杨梦豹。因为莲贞衣纽已经解开，酥胸微露，最令人触目的是那个大红缎的肚兜，一时羞得两颊绯红，急把衣襟掩上，凝眸含矉地问道：

6

"三爷深夜到此，不知有何贵干？"

梦豹见了她粉嫩酥胸，高耸乳峰，身子已是软了半截，遂深深地对她作了一揖，柔声说道：

"自从瞧见潘小姐以后，一缕情丝，却紧系在你身上，无论吃饭睡觉，没有一刻不想念着你的人儿。今夜特地前来效劳，万望潘小姐哂纳是幸。"

照莲贞平日行为，那真是求之不得的事。因为有了一度猛省以后，她的芳心顿时感到梦豹这种人淫荡得可恶，真及不来美臣那样富于侠肠的少年可爱。一时心里大不受用，意欲翻脸责骂他出去。但忽然心生一计：咱何不如此如此，也许可以得到一点头绪。于是不禁抿嘴嫣然一笑，秋波脉脉含情地向他斜乜了一眼，一面退步到床边去，一面故作娇羞万状地说道：

"多承三爷如此相爱，咱当然十分感激。不过万一被师姐知道，咱不是没法在此久留了吗？所以还请三爷到师姐房中去吧。因为师姐多么地爰着你呀！"

梦豹听了这话，不但不走出房去，反而掩上了房门，一步一步地走近到莲贞身旁来。莲贞以为他要用强，暗想：你这种淫贼，若用强，那是自寻死路，姑娘一恼怒，要你的命。谁知梦豹走到莲贞跟前，却是扑的一声跪了下来，明眸含着无限情意，向她脉脉地凝望，说道：

"潘小姐！你有所不知，马小姐生性好淫，她并非真心爱我，因为寨中全是黑脸太岁，所以她不得已拿我玩玩罢了。说起来，真是气人，那夜来了一个花如玉，生得十分俊美，因此她便不要咱了。你想，这种女子值得人家爱吗？咱瞧潘小姐幽静雅致的风度，实在是个多情的女子，咱意欲和你结为终身伴侣，不知你嫌咱丑陋吗？"

莲贞听他提起花如玉，那夜事情，自己也曾亲眼目睹的，后来被师姐打中毒镖逃去，此人性命不知死活如何呢。因为在花如玉被诬提解进京的时候，也给自己缠绕过一次，不料这个少年正是君子人，坐怀不乱，仿佛柳下惠再世。想起那少年人格的伟大，更衬自己淫贱得羞愧可耻。莲贞只管想着心事，把跟前跪着的梦豹只装没看见一样。梦豹见她眼儿如水，两颊如霞，还以为她心里答应，因害着羞涩，所以口里不说罢了。一时情不自禁，猛可双膝抱住，口里喊道：

"咱亲爱的潘小姐，你就答应我吧！"

因为这举动是冷不防之间，莲贞心里倒也吃了一惊。见他抱住了自己，真把两颊涨得绯红，因嗔道：

"你快放手，不然咱就要叫喊了，回头师姐跑来，瞧你有什么脸儿见人？"

梦豹却不肯放松，涎皮嬉脸地说道：

"咱为了爱你，就是死了也情愿，还怕什么其他一切了吗？"

莲贞见他色胆如天，不觉大怒，娇叱道：

"就是你爱姑娘，也得好好站起来说话，这算什么样儿？你若再无礼，休怪姑娘无情。"

梦豹听她薄怒含嗔，一时只好放了手，站起身子，又向她深鞠一躬，口喊"亲爱的，多蒙允诺，感恩不尽"。莲贞啐了他一口，绷住了两颊，说道：

"你说得好容易，姑娘难道就爱你了吗？爱你也不难，但是要有条件的。"

梦豹笑道：

"什么条件，只要你吩咐一句，虽赴汤蹈火，万死不辞。"

莲贞道：

"也没有什么难的条件，皇上不是被人盗去一只九龙白玉杯吗？姑娘亦曾见过一面，心甚爱之，你假使能够把白玉杯盗来与咱，姑娘一定嫁你为妻。"

梦豹听她说出这个条件，心里倒吃了一惊，暗想：这九龙白玉杯是寨主之物，现在藏在梨影房中，这事情只有我一个人知道，盗来与你原也不难，但事情泄露，岂不是有生命之忧吗？一时踌躇不决，沉吟良久，说道：

"潘小姐，你可晓得这白玉杯如今在谁人手里？"

莲贞摇了摇头，佯装不知，说道：

"咱若知道在谁人手里，还用叫你去盗取吗？"

梦豹信以为真，走上一步，轻声儿说道：

"潘小姐，咱告诉你，那只白玉杯就藏在本寨呀！"

莲贞故作大惊失色，急问："你这话可当真？"

梦豹正色道：

"咱为什么要骗你，而且我知道这只宝杯还是藏在你师姐房中。"

莲贞听了，便摇头道：

"这样说来，是没有希望得到此杯了，料想你也没有勇气去盗，那么三爷还请你自便吧！"

梦豹见她已下逐客令了，一时呆住了一回，伸手忽然把莲贞的手握住了，说道：

"潘小姐，你不要轻视咱，咱为了爱你，决心前去盗来给你。不过咱们既得了九龙白玉杯，是不能在此逗留了，咱的意思，就和你同离山寨，共去做长久夫妻可好？"

莲贞听他这样一说，便嫣然笑道：

"你若果能盗来，岂有不好之理。"

梦豹一听，心中大喜，猛可把她搂住，大胆地在她颊上吻了一下，说道：

"那么今夜，咱们就先行个婚礼吧！"

莲贞冷不防给他吻个香去，为了要他去偷盗白玉杯，一时也只好忍气吞声，娇媚地嗔道：

"你快放手，姑娘不做含糊之事。三爷若果真爱我，那么你就快去盗了白玉杯来，咱们立刻下山，正式去结了婚，然后洞房花烛，那才有意思呢！"梦豹听她这样说，觉得也是不错，遂放了莲贞，立刻就去盗取，说"你且等着"。莲贞笑盈盈地点头答应，于是送梦豹出房。

话说梦豹到了梨影房中，只见梨影娇容含嗔，杏眼微睁，怒叱道：

"你在什么地方？姑娘叫阿香来找你，怎么说你出去了？莫非在莲贞房中吗？"

梦豹听她这样说，倒是吃了一惊，但立刻又镇静了态度，赔笑道：

"我的好妹妹！你怎的如此多心呀？咱因为被天王叫去谈了一会儿，是哪个小鬼对阿香说咱出去了？真岂有此理。梨妹，你快别生气，是你爸爸叫我去谈会儿，难道你也怪咱吗？"

说着，便笑嘻嘻地走上前来，打躬作揖地连赔不是。梨影见他好像小花脸那样态度，这就忍不住抿嘴一笑，猛可撩起一只金莲，踢到梦豹的嘴边去。梦豹眼快手快，早已一把握住，向上一提。梨影原是戏弄与他，当然是很轻的，谁知给他一提，她坐不住，身子便向床里倒去。梦豹抢步上前，趁势伸手到她胯下去摸索，引得梨影咯咯地笑了起来。梦豹笑道：

"梨妹有这样好的东西，咱就是死在你的身上也乐意，怎么肯去爱别人呢？"

梨影啐他一口，嗔道：

"不要你拍马屁，咱是瞧得出你的意思，这几天正想转转莲贞的念头呢！"

梦豹笑道："你再冤枉我，我今夜一定和你拼命。"

说着，便放了帐钩，两人便试起云雨之情。因为帐外灯火未熄，梦豹见梨影柳眉含颦，杏眼又闭又开，樱唇微启，艾声不绝，脸部淫荡之表情，淋漓尽致，真是难以形容。不过这种媚态，是更令人感到了兴浓。梦豹为了要达到目的，所以格外卖力，直捣黄龙，把梨影战得全身软绵无力，竟瘫在床上动也不会动了。但两手还紧搂梦豹，牢牢不放。梦豹暗暗在袋内取出闷药，便将梨影闷倒，起身下床结束衣裤，在床底下梨影的八宝箱内，取出那九龙白玉杯，喜滋滋地拿到莲贞房中去。莲贞见他果然盗取而来，芳心大喜，接在手里，细细把玩了一回，遂藏在怀内。梦豹道：

"事不宜迟，回头梨影醒来，定然发觉，那时我俩性命不保矣！所以此刻立即就离山寨而去，不知你意思如何？"

莲贞道：

"你话正合吾意，但你得先到外面巡视一回，看有没有查夜的经过。"

梦豹不知是计，边点头而去。约莫顿饭时分，匆匆回到房中，正欲告诉外面并无一人，谁知房内已没了莲贞，只见窗户大开，方知中了她的圈套。不觉勃然大怒，骂声"贱人，竟敢戏弄大爷"。谁料骂声未完，房门外又奔进一个少女，手执长剑，娇喝道：

"你这狼心狗肺的贱种，把姑娘迷倒在床，你竟在此勾搭贱货，果然不出吾之所料，今若不把你一剑砍死，怎消姑娘心头之恨？"

梦豹回眸一瞧，不料却是梨影，心中这一吃惊，真非同小可。说时迟，那时快，梨影手儿起处，剑光已到，梦豹躲避不及，早已应声而倒。你道梨影如何晓得梦豹在莲贞房中？原来梨影被梦豹用闷药闷倒在床，人事不省。谁知阿香因起身解手，发觉房中灯火尚明，遂进房来看。见小姐露着上身，奶峰高耸，玉臂横陈，昏迷在床，一时又羞又奇，暗想：这是怎么一回事？三爷到哪儿去了？便伸手撩开绣被，只见下体也裸，且淋漓尽致。阿香通红两颊，口喊小姐，不料呼之不醒，到此还以为脱阴而死。却又闻到一阵细香，方知被闷药闷住，遂急忙在抽屉内取出解药救之。梨影醒来，一见全身精赤，而梦豹已不知去向，阿香却在床边，心中大奇，急问这是怎么一回事。阿香掩口笑告，梨影凝眸一想，猛可省悟，不觉大怒，一面披衣起床，一面仗剑向莲贞房中直奔。谁知梦豹齐巧来向莲贞告诉外面并没人查夜，梨影见梦豹果在这里，一时醋性勃发，恨从心头起，恶向胆边生，不问三七二十一就把梦豹一剑劈死了。可怜梦豹因淫人妻女，终究为女人而死，这就是作恶的结果。

　　且说梨影既把梦豹劈死，方欲向莲贞交涉，谁料房中已没了莲贞，而窗户大开。一时好生惊讶，跃身跳上屋顶，却不见有莲贞的影儿，遂仍回身进屋。心里暗自想了一回，觉得师妹倒是一个好人，她因不愿夺我之爱，所以开窗远去了吗？这样说来，梦豹这贼真是不情极矣！姑娘白待了他一场。想到气愤头上，回身就把梦豹尸体砍了数剑，恨恨地自管回房。阿香还弄得茫无头绪，见小姐提剑而回，剑口染有血渍，心中大惊，急问道：

"小姐你把哪个杀死了呀？"

梨影气呼呼道：

"梦豹这贼负心忘情，竟背姑娘前去调戏莲贞，吾故杀之。"

阿香道：

"那么潘小姐到底怎么了呢？"

梨影道：

"师妹为避嫌疑起见，却先我而走矣！明日父亲那儿，吾只说是莲贞杀的，你千万不要泄露。"

阿香答应，于是主仆两人，各自就寝。次日，天王得此消息，因梦豹自作其孽，反怪他不尽忠于事，而专贪女色，连骂该死，便即草草入殓下葬。诸位，你道莲贞究竟到哪里而去？且待下回里再行分解吧！

第二回

一缕闷香银瓶被劫
三生缘果如玉得妻

话说潘莲贞见梦豹被自己哄出，心中暗想：不待此时脱身，更待何时，于是推开窗户，遂即飞身上屋。远望碧天如洗，月明星稀。莲贞认清楚了方向，一连几个箭步，早已飞奔下清龙寨去了。心里又盘算着：美臣前次托咱盗回九龙白玉杯，现在东西虽然已到姑娘手中，但到什么地方去送给他好呢？凝眸沉思一回，猛可想起来他的哥哥家里是住在中山县周家村，何不到那边去一走，也许可以遇见，那也说不定。

莲贞这一阵子胡思乱想，身子早已到了一个市镇，因为是夜深的缘敌，所以大街上是悄悄的静得一丝声音都没有，只有偶然从夜风中吹送过来一阵笃笃的敲更声音，令人有些感到凄凉。莲贞觉得这样在大街上走着，也不是个事，终得找个宿店才是，但深更半夜，又到哪儿去借宿好呢？想到这里，也不免暗暗焦急起来。正在这时，忽见月光依稀之下，有两个黑影，很快地向前飞行，莲贞知事有蹊跷，遂暗中跟随其后。约莫半个时辰，彼此早已到了广西省城的邕宁县相近。只见两个黑影窃窃私语了一回，便一同飞进一家花园去了。莲贞暗想：瞧此情形，定是盗劫银两无疑。遂也悄悄跟着进去了。

诸位，你道这两个黑影是谁？原就是北京皇觉寺当家山野僧，另有一个乃是无法道人的徒儿林天啸。瞧过《龙虎剑侠缘》的阅者，谅来终还记得山野僧因夜劫银瓶小姐，倒反而成全了花如玉的一头美满姻缘的事吧！后来山野僧到凤凰岭普照道院去见师弟无法道人，齐巧无法道人在练一柄童子剑，所以叫徒儿林天啸招待山野僧。两人谈谈，甚觉投机，于是天天在地道室中玩弄女人。这种享乐的生活，日子过得愈加的快，一转眼间，不觉一年多了。

这天山野僧忽然想着项家花园里的那个银瓶小姐，真是杨柳细腰，芙蓉其颊，仙女那样的艳丽，确可称为绝代佳人，若能与她真个魂销，死也乐意。所以便悄悄向林天啸告知，怂恿他一同下山去把她抢劫上山，共同享受温柔。林天啸原是个色中饿鬼，听有如此美艳女子，遂欣然同往。吃过夜餐，两人结伴而来。不料这个时候，项银瓶、向凤姑、何玉蓝三人，早已和花如玉结了亲。如玉的妹子花爱卿，亦已和玉蓝的哥哥何志飞到宛平县去结了婚。六个小侠，都已月圆如镜，卿卿我我享受着闺房中的温柔滋味。只有周美臣一人，还没有到徐公达那儿去完婚，在如玉家中住了几个月，便回中山县哥哥那儿去了。

16

且说天下事有凑巧，银瓶因久未回家省亲，心里记挂爸妈，便欲回家一次。花老太疼爱媳妇，哪有个不答应的道理。如玉不放心银瓶一人回家，便要伴着同行，并说顺便可向清龙寨去一探白玉杯的下落。花老太心中大喜，遂含笑允让，这时玉蓝和凤姑因有孕在身，只好在家里伴着花老太。

如玉和项银瓶一对小夫妻到了岳母家里。项大成夫妇自然喜欢万分，殷殷招待，真是亲热异常。项老太拉着女儿的手，问长问短，说婆婆待哪个媳妇好，姊妹里和睦不和睦？银瓶羞答答地告诉，说"婆婆是一律平等，并没一些偏心，我们姊妹三人，亦相敬相爱，十分要好"。项老太听了，自然满心欢喜。两人在项家一住，不觉已有半月，这天晚上，银瓶和如玉小夫妻在房中闲谈，银瓶忽然轻轻地叹了一口气。如玉见她柳眉颦蹙，脸罩愁容，心中好生不解，遂柔和地问道：

"瓶妹，好好的你干吗叹气呀？"

银瓶却并不回答，哀怨的目光，向如玉逗了一瞥，垂了粉脸，仿佛盈盈泪下的神气。如玉瞧此意态，愈加不解，慢慢地移步上前，在床边和她一同坐下，拉了拉她的纤手。又问道：

"银瓶，你到底怎么啦？可是咱有什么地方得罪你吗？"

银瓶这才微抬粉颊，很多情地望他一眼，娇媚地笑道：

"你别误会吧。咱是在恨着自己呢！"

如玉呆了一回，急道：

"你这话说得奇怪，你为什么要恨自己，你难道有什么过

17

错吗?"

银瓶听他连说三个你字，也可见他心中是那分儿急了，两颊便红了起来，倚在如玉的肩旁，秋波向他一瞟，很羞惭似的说道：

"凤妹她们都有了喜，咱却……你想，怎不要怨恨自己吗?"

如玉闷了好多时候，到此方知是为了这个缘故，心里不禁好笑起来，情不自禁地把她纳入怀里，贴着她的脸颊，笑道：

"你别说傻话了，这也没有什么怨恨的呀！况且玉妹凤妹养下的孩子，也就是你的孩子，难道还有什么分别的吗?"

银瓶道：

"话虽如此说，但古人有句话，肚不痛，肉不亲，孩子终是自己养的好。况且咱们姊妹三人同时结婚，她们俩有喜了，独独咱没有，岂不是叫我怨恨吗?"

如玉抚着她肩胛，很温柔地安慰道：

"你这人真有些孩子气，这也用得到忧愁的吗? 你又不是五六十岁的老媪了，咱想，那不过是迟早问题罢了。你以为你没有坐喜，恐怕我要减少爱你的情分吗? 那你简直把咱认作不情不义的人了。瓶妹，咱恳切地和你说一句话，假使你一辈子不生育的话，咱也决不会因此而不爱你的，那你终可以不必怨恨自己了。"

银瓶听如玉这样安慰自己，一颗芳心自然得到了无限的安慰。她温柔得像一头绵羊似的，躺在如玉的怀里，尽让他默默地温存了一回。因时已不早，如玉方才回到书房间里去安睡了。银瓶住的卧房，原是她昔日的妆楼。丫鬟小娥和银瓶甚为知己，所以这次银瓶嫁与如玉，小娥作为赠嫁婢子，本来这次回母家来，小娥亦跟着来的，不料小娥忽然略有不适，因此便留在家里。项老太为了晚上怕银瓶寂寞起见，特地差遣一个雏环杏儿来做伴，不料杏儿年幼贪睡，伏在凳上，早已打盹了。银瓶见了，忍不住好笑，便轻轻把她推醒，说道：

"杏儿，你快躺到榻上去吧！防着受了凉，那可不是玩的。"

杏儿既被银瓶推醒，两手擦了一下眼皮。一见小姐在旁，慌得两颊绯红，嗫嚅着道：

"啊哟！小婢该死！怎么这样的贪睡呀！"

银瓶笑道：

"想是白天辛苦了，就早些睡吧！"

杏儿见姑奶奶如此亲昵，反觉有些不安，因站起来道：

"那么咱先服侍姑奶奶睡吧！"

不料话还未完，忽然窗户开处，飞身跳进两个男了。银瓶定睛一瞧，认得是十恶不赦的山野僧，芳心勃然大怒，方欲回身到壁旁去拔取宝剑，谁知就有一阵香味扑鼻而来。银瓶既闻到了香味，顿时头晕目眩，身子摇摇欲倒，一时恨极，便大骂"山野僧狗贼"，还没有骂完，却已不省人事了。那时杏儿吓得脸无人色，把身子缩作一团，上下排牙齿格格地打起架来。眼瞧着一个和尚一个大汉，把姑奶奶背出窗去，却是一声儿叫喊不出，直等了好一会儿，方才哇的一声大哭起来。

这一哭不打紧，就惊动了书房间里的花如玉。他躺在床上，正在呆呆地想心事。突然听此哭声从银瓶房中传出，一时大吃一惊，立刻披衣下床，三脚两步地走到银瓶房中来。只见房中已有好多个仆妇在询问杏儿，一见如玉，便慌张地报告道：

"姑爷！啊哟！不好了，姑奶奶被一个大和尚负着抢劫去了。"

如玉一听这话，仿佛冷水浇头，陡然变色，急问道：

"这事打哪儿说起？"

仆妇们也急回答道：

"这事要问杏儿便知，咱们是因听杏儿哭声才赶来的，可是姑奶奶已不知去向了。"

如玉这时心头的焦急，正像油煎一般，眼见杏儿泪人儿一般地哭着，遂又急问道：

"杏儿！你且别哭呀！快告诉咱那个大和尚是怎么样的一个人，姑奶奶如何会给他负去？难道没有抵抗吗？"

如玉愈问得急，杏儿也愈回答不出。这时项大成夫妇得此消息，也气急败坏地赶来了。项太太口里还骂着杏儿不小心，为什么不早些来通报。杏儿经她一骂，更加害怕得全身发抖，因此也就愈说不出话来了。如玉知她年幼胆小，遂温和悦色地说道：

"你只要告诉被劫的情形就是了，决不会来责怪你的。"

杏儿这才絮絮地告诉一遍，并说道：

"当姑奶奶跌倒地下时，她曾大骂一声可杀的山野僧，想来那个和尚一定叫山野僧了。"

项大成听了"山野僧"三字，把拳在桌上猛可一击，气得怪叫如雷，怒喝道：

"原来又是这贼秃吗？啊哟！这事情可怎么办好呢？"

项太太是早已急得儿啊肉啊地大哭起来。如玉到此，也弄得没了主意。心中暗想：山野僧是皇觉寺里的当家，他不远千里而来，难道是专为抢劫瓶妹的吗？他既把瓶妹抢去，咱想也绝不会立刻回到北京皇觉寺去，一定这儿附近有个贼巢设着呢。也许还在这里附近也说不定。如玉想着，便向项大成夫妇安慰道：

"岳父母大人，你们且不用悲伤，事既如此，就待小婿追踪上去吧！"

说着，也不待他们答应，身子已跃到窗外去了。

如玉飞身上屋，回眸四顾，只见月明星稀，万籁俱寂。一时暗暗叫苦，到哪一个方向追去是好？沉吟一回，因自己面对东方，遂不管三七二十一地向东便追。约莫飞奔了五十里路程，却仍不见前面有什么影儿。如玉见街路旁有堵矮围墙，圈着一个花园，心想：莫非这贼子把银瓶劫在花园里吗？遂纵身跳上，向里面打量一周，虽在月光依稀之下，却见那面一棵大树下吊着一个少女，仔细一瞧，那少女却是在练习打拳，心中大吃一惊，这少女的武功可了得。原来她把自己的头发，全系在树枝条上，两脚悬空，打得一路好的八卦太极拳。如玉瞧得出神，忽听那少女娇声喝道：

"好大胆的狗贼，窥头窥脑，莫非要盗劫姑娘家的银两吗？那真是瞎了眼珠哩！看家伙。"

说时迟，那时快，只见一道寒光，直向如玉身上飞来。如玉叫声"不好"，身子向下便跳，但哪里还来得及躲避，腿肚上觉得一阵疼痛，异常厉害。如玉因为上次曾被梨影打中一支毒药镖，今觉此痛较之上次更为剧烈，心知定是毒药箭无疑，遂咬紧牙齿，把剑头在自己腿肚上割了那么一块下来。霎时那块割下的肉便立刻胀大得像拳头一样肿胖，同时又化灰成尘了。如玉见毒得如此厉害，叫声"好险"，暗想：这少女不问情由，就发如此毒箭，想来绝非善良之辈。咱既到此，岂肯饶她？如玉想着，怒气冲冲，复又纵身跳上。说也有趣，如玉还未站定，里面那个少女齐巧追出，两人在半空里竟撞了一个满怀。因这一撞，彼此都落下地去。那少女伸手把如玉一把扭住，如玉这时忽然两脚无力，径直向草地上倒了下来。那少女想不到如玉会倒下来，因此自己身子也反而被他一同拖倒。这样骤然之间，两人的脸儿，便相撞了一下，彼此急睁眼来瞧，都是一怔。那少女见如玉眉清目秀，这样俊美，不像是个歹人，遂娇喝道：

"你这人躲在咱家墙头上，究竟存了什么意思？"

如玉怒喝道：

"管咱做什么事，与你何干？汝不问情由，下此毒手，其心之酷可知，若非咱家情急，性命岂非交与你了吗？"

说时，跃身而起，举手就打。那少女急把如玉臂膀挡住，右手向他一推，谁知如玉又被推倒在地了。那少女抢上一步，用她三寸金莲，把如玉身子踏住。柳眉倒竖，杏眼圆睁，喝道：

"你这厮到底要活要死？"

如玉自从下山以后，从来也没有受过这样委屈，心中这一气，全身便会发抖，暗想：学了天大的本领，怎么今夜却一些显不出来了呢！遂恨恨地答道：

"要死怎么样？要活怎么样？"

那姑娘道：

"要活的快快告诉姓甚名谁，黉夜至此，是否存着恶意？要死的姑娘就这么一下打下来，定叫你命归西天。"

如玉冷笑一声，说道：

"爷就算要死吧！倒要称一称你的分量到底有多少重，这么一下难道就好打死咱了吗？"

那姑娘听他口出大言，便说道：

"你真不要活命了？"

如玉大喝道：

"你有本领，只管显出来，何必多言。"

那姑娘心里生气，就把手儿一扬，向如玉打了下去。如玉用足内功，把手心向外一推，只见两道寒光相触，窸窣有声。那少女瞧此情景，芳心大吃一惊，自己这个霹雳手，多么厉害，只要向对方人儿一扬，那人便要粉骨碎身，今他居然用内功与咱抵住，此人本领，可见不在姑娘之下。但他为什么站脚不住？想来定被姑娘的毒药箭伤了。遂把如玉扶起身子，说道：

"你果然是个英雄，姑娘很是佩服。但你已经中毒，若毒气攻心，性命完矣！"

如玉听她这样说，因为自己两腿仿佛死了一般，心里倒也着急起来，遂说道：

"咱与你无冤无仇，汝两次伤咱性命何也？"

那姑娘笑道：

"你自作其孽，与姑娘何干？深夜三更，你躲在姑娘花园的墙头上做什么？岂非存心不良吗？"

如玉冷笑道：

"爷是何等样人，岂欲盗劫他人之银两吗？你不要弄错了人，咱因追赶恶僧，故而到此，今被毒箭所伤，唯死而已。"

那姑娘道：

"既如此，姑娘误会了，爷且随我进来，姑娘当拿伤药解救之。"

如玉无奈，只好跟她进内。穿过几间房屋，那姑娘到了一间卧房门前，掀起门帘，请如玉进内。如玉见里面陈设富丽，却是一个闺房，遂停步不前，说道：

"此是姑娘卧室，未便进内，还是这儿外间坐下得了。"

那姑娘见他这样说，方知此人真是正直君子，一颗芳心，不免暗暗敬佩。遂自管匆匆进内，取出一瓶红色的药水，走到如玉身旁，用凳给他把脚搁起，亲手给他敷上药水。如玉被她涂上药水以后，只觉奇痒难当，不多一会儿，忽然一阵恶心，吐出一堆黄水，身子更是软绵无力了，一时头晕目眩，却昏了过去。待他一觉醒来，自己身子却已睡在床上，急忙向四周望时，见就是刚才自己不愿进来的那个卧房。一时心中大奇，连声喊人。没有一会儿，就见有个丫鬟走来。见了如玉，便盈盈一笑，说道：

"爷醒了吗？此刻觉得精神如何？姑娘一会儿就来了。"

如玉听她这样说，奇怪道：

"你姑娘何人？与咱并不相识呀！"

说时，从床上已是站了起来。那丫鬟道：

"姑娘姓梅名莲容，乃是这儿主人是也。她把你性命救了，你难道不知道吗？"

如玉哼了一声，说道：

"咱为了你家姑娘险些丧了性命，怎么倒反而说咱是你姑娘所救呢？你家姑娘若不无缘无故地射咱一箭，咱难道会中箭的吗？好吧！也不用多说，就算是你家姑娘所救，领情谢谢，咱有正经之事，可没有工夫来和你们说话了。"

说着，便向房门外奔出。不料，迎面走来一人，拦住去路。如玉定睛一瞧，正是这位梅莲容姑娘。她倒竖了柳眉，喝道：

"往哪儿走？"

因为刚才在外面黑暗之下，那姑娘的容貌，自然并没详细瞧清楚。今在灯火通明之中，那姑娘芳容，就很明白地显在眼前，这就暗吃一惊。你道为什么？原来那姑娘生得天仙化人，真是美

25

艳极矣！如玉见她怒气冲冲的神情，不禁倒退两步，笑道：

"你这姑娘好不有趣，咱有事要走，你拦住我做什么？"

莲容鼓着小嘴道：

"好个无情的东西，姑娘救了你性命，你不叩谢救命之恩倒也罢了，为何反怨姑娘射伤了你腿？你若不在吾家墙上窥头探脑，姑娘难道也会来伤害你吗？"

如玉忍不住笑道：

"那么依姑娘的意思，叫咱怎么办呢？好姑娘，你别缠人了，回头天也快亮了，别耽搁了吾的正经事。"

莲容秋波瞅他一眼，把手向屋子内指着，说道：

"什么正经事不正经事，你给我坐下，姑娘有话问你。"

说着，便把如玉身子向里一推。如玉见她一脸娇嗔，这意态增加了十分的妩媚。一时暗想：这妮子存的是什么意思？但身子却不由自主地退到房中椅上坐下了，眼睁睁地望着她粉颊，呆呆地出神。莲容见他这样，嫣然一笑，但立刻又绷住了粉颊，很生气似的说道：

"你姓什么？名什么？哪儿地方人？今年几岁了？"

如玉听她这样命令式的样子，便故意迟疑了一回，拿手指划到脸上去羞她，笑道：

"你要问得这样详细做什么？可是给我做媒去吗？"

莲容呸了一声，娇嗔道：

"你说不说？不说我可捶你。"说着，竟向如玉奔过来。

26

如玉忙笑道：

"我说，我说，你何必动怒。咱姓花名如玉，广东人，今年十九岁了。姑娘，咱告诉了你，你终好让咱走了。"

丫鬟插嘴道：

"花相公，好个聪明面孔笨肚皮，吾家小姐对你这份儿深情，难道一些不知道吗？"

如玉笑道：

"不要伤咱性命也就是了。"

莲容两颊红晕，叹了一声道：

"这是彼此误会，你如何可以怨恨姑娘？"

如玉道：

"我何尝怨恨姑娘，姑娘救了我的性命，我真感恩不尽哩！那么现在咱终好走了。"

莲容听他老是说走，恨恨地道：

"你这人毫没人心，要走就走是了。"

如玉见她两眼含了怨恨的目光，向自己脸上逗了一瞥，似有十分失望的样子，因说道：

"咱是个最有情义的人，怎么说咱毫无人心，那不是气煞咱了吗？"

莲容道：

"你倘若果有人心，就不该说走，姑娘不当汝为外人，给你坐在闺房之中，你难道丝毫无动于衷吗？"说罢，掉下泪来。

27

如玉想不到这位姑娘倒有些痴心，忍不住好笑，遂连忙说道：

"姑娘的意思咱明白了，但是太迟了，可惜！可惜！"

莲容听了这话，猛可抬头，向他凝望着道：

"太迟了……你……难道已经结了婚吗？"

如玉笑道：

"咱不但结了婚，而且已有三个妻子了。再过半年，咱是要做孩子的爸哩！"

莲容听了，站起身子，说道：

"你这话可当真？"

如玉道：

"吾从来不说谎，岂有不真之理。"

莲容闻说，忽然向如玉跪下，说道：

"相公休怪姑娘无耻，请相公纳为小星，感恩不尽矣！"

如玉瞧此情景，大惊失色，忙把她扶起身子，说道：

"咱岂敢委屈姑娘，况且咱正因寻找爱妻而来，今爱妻下落不知，若答应了你，岂不被人家笑骂为无情无义吗？"

莲容道：

"你的爱妻姓甚名谁？不知如何会走失的？"

如玉遂把被山野僧劫去的话告诉一遍。莲容沉吟一回，说道：

"山野僧有师弟无法道人，就在这儿不远的凤凰岭普照道院做当家，咱猜山野僧必在那儿，咱们何不前去一看。若能把你爱妻救出，万望相公收吾做妾吧！"

如玉听她这样说，又见她这样美丽，实在胜过玉蓝、凤姑、银瓶三人，一时心里也有些活动起来，便沉思一回，说道：

"也好！若能果然救出银瓶，咱决不敢有忘大德。但姑娘年纪轻轻，为什么甘心愿做小星，不免令人感到奇怪。"

莲容垂泪道：

"姑娘父母双亡，叔父强欲把咱配与富翁为妻，这个富翁年已五十余，姑娘年方二八，岂肯答应？故而意欲嫁与一个少年英雄为妾，亦所甘心情愿哩！此乃姑娘之真情，绝不是淫贱之女子耳！还希望相公再三谅鉴是幸。"说着，不免又伤心泪落。

如玉听了这话，不禁亦起了同情之心，遂安慰了她一回。此刻天已大明，如玉和莲容便结束停妥，各背宝剑，直向凤凰岭而去。未知后事如何？且待下回再行分解。

29

第三回

潘莲贞凤岭遇妹
守财奴一见倾心

话说潘莲贞跟在两个黑影后面，瞧他们究竟做何勾当。只见两人破窗而入，不多一会儿，便从室内负出一个年轻的少妇。莲贞躲在旁边，借着室中射出来的灯光，方才瞧清楚负着少女的乃是一个和尚，而这个和尚又是自己前时曾经发生关系的山野僧。一时回首前尘，真觉好生羞惭。暗骂一声：恶僧可杀，深夜抢劫妇女，罪不可赦。既被姑娘发觉，理应救她。莲贞心中主意打定，便也跳出墙去，紧紧追随其后。约莫两个时辰，早已到了一个险恶的山岭，只见山野僧和那个大汉一连几蹿，却是不见踪影。莲贞暗想：这贼秃的轻功倒是不错。遂也飞奔上山，到了山顶之上，方见有个道院，上书"普照道院"。院门紧闭，莲贞越墙而进。此时天色微明，莲贞走进大殿，西面就有一个小道士走出来。见了莲贞，脸现惊讶颜色，问道："院门尚闭，姑娘从何而来？"

莲贞笑道：

"你这人好糊涂，姑娘昨夜就在这儿，怎么你就忘怀了？"

小道士听了，哦哦响了两声，便涎皮嬉脸地笑道：

"原来姑娘昨夜就在此间吗？可是咱的师兄把你带上来吗？为什么不和师兄去睡热被窝，却大清早就起来了呢？"

莲贞听了，好生着恼，但又不得不忍住了怒火，故作娇羞万分，白他一眼，说道：

"你别胡言乱语地瞎说吧！姑娘是你的大师伯带上来的。昨夜你大师伯在哪儿，怎的没到我这儿来呢？"

小道士听了，便向莲负跪下，叩头道：

"如此说来，你还是我的师伯母了。说起这个师伯，他是见一个爱一个的。听说昨夜师伯约同师兄下山去抢劫一个姓项的小姐……"

莲贞不等他说完，便故作气愤的神色，急问道：

"你这话可当真？"

小道士道：

"小的有几个脑袋，敢欺骗你老人家？"

莲贞道：

"那么你可知道现在人在何处？你若告诉了我，今夜里咱一定给你许多好处。"

小道士听了这话，一颗心儿真是痒不可当，猛可把莲贞双膝抱住，头儿向她胯下直钻，笑道：

"你今夜里真给咱好处？"

莲贞恨恨地把他推开，却又伸手去摸他的脸颊，笑道：

"不会骗你的，你快告诉咱，你师伯在什么地方？"

小道士笑道：

"师伯和师兄才把项小姐抢来，他们都到藏春坞里寻快乐去了。你赶快去，也许还不至于落选，因为项小姐只有一个人哩！"

莲贞伸手把他拉来，笑盈盈地瞟他一眼，说道：

"咱的乖儿子，你快伴姑娘到藏春坞去，晚上终不会忘记你的。"

小道士到此，真被她弄得神魂颠倒，遂伴她到藏春坞。到了门口，便向那边卧房指了指，说道：

"师伯和师兄就在这里面，咱不送了，你自己进内去吧！但师娘千万不要忘记夜里给咱好处。"

莲贞含笑点头，遂移步到了卧房门口，先从窗口望进去。只见床上躺着一个少妇，果然面目姣好，房内一个大和尚正是山野僧，还有一个大汉，年约三十，想来就是他的师兄了。只听两人暗暗商量了一回，山野僧道：

"贤侄，别的事情都可给你占些便宜，今天这个女人就让咱先尝滋味吧！反正明天让给你不是一样的吗？"

林天啸心里似乎有些不快活，踌躇了一回，望着床上的银瓶，说道：

"也好，不过小侄瞧此少女，弱不禁风，师伯千万不可浪得

32

太厉害了才是。"

山野僧听了，打了一个哈哈，拍了拍林天啸的肩胛，笑道：

"贤侄，你只管放心，咱决定轻怜蜜爱的是了。"

天啸没话可说，只得快快不乐地走出。莲贞拔剑在手，躲在门框旁边，单等天啸头伸出，便即一剑挥去，只听哧的一声，鲜血飞溅，天啸早已应声而倒。这时山野僧正在伸手解银瓶的衣纽，忽听有什么笨重的东西跌倒之声，心中倒吃一惊，立刻回身走出来瞧。莲贞待他走出，她便破窗飞进室内。山野僧一脚踢着天啸尸体，心中这一吃惊，真是非同小可，不禁啊呀一声叫了起来。就在这个当儿，莲贞早已把床上的银瓶设法救醒。银瓶睁眼一瞧，便跃身跳起。莲贞悄声儿道：

"姑娘乃救你之人，切勿声张。"

两人说着，蹑步走出，见房门外山野僧尚蹲着身子在抚天啸尸体，银瓶恨极，就抢步上前，对准山野僧屁股就是一腿猛踢。这一腿力量，少说也有五六百斤的力量。只听山野僧哟了一声，一个跟斗，早已跌出三丈以外。幸而山野僧是个功夫深的人，尚不至于跌得头破血流。莲贞见银瓶也有这一副好身手，一时惊异十分。遂急问："姑娘贵姓大名，既有如此本领，何以被贼秃捉来？"银瓶正欲回答，山野僧早从地上跃起，复又奔杀过来。一见莲贞，弄得莫明其妙，睁大眼睛，叫道：

"潘莲贞！你哪儿来的？天啸难道是你所杀的吗？"

莲贞柳眉倒竖，大喝道：

"贼秃罪大恶极，姑娘恨不得杀之以绝后患耳。看剑吧！"

说着，逼紧剑法，连连挥去。山野僧手无寸铁，只好向后一面退，一面大骂道：

"淫妇朝秦暮楚，反复无常，大师父定不饶你。"

说毕，便在镖袋摸出三支银镖，一连串地向莲贞射来。莲贞冷笑一声，把手中剑锋先给第一镖碰了出去，同时飞起三寸金莲，那弓鞋尖头的刀片，与银镖相触，乒乒有声。就在这时，第三支银镖早到面前，莲贞不慌不忙，左手一照，那支银镖早已接在手中，娇喝一声：

"狗头，还了你吧！"

山野僧也知道莲贞本领不弱，只好避过镖头，向大殿上而逃。待银瓶、莲贞追出，只见大殿上早已排列了一百多个小道士，手执戒刀。无法道人拿了练就的这柄童子剑，更是威风凛凛，见两人奔出，便哈哈笑道：

"好标致的两位美人儿，真是天赐咱享受温柔滋味也。"

说罢，又笑道：

"两位美人儿，你们识趣的，快快讲和，彼此交个朋友，大家来做对长久夫妻。不然，你瞧四周布置得天罗地网一样，任你俩张了翅膀，也是逃不出去的。"

银瓶冷笑一声，因为手中没有兵器，遂飞步上前，先打倒了一个小道士，抢了一柄戒刀，舞动得一片银光，向前直杀过去。莲贞一见，叫"杀得好"，于是也舞着剑光。两人仿佛猛虎一样，剑光到处，人头纷纷落地，喊爹喊娘，大家都不敢上前交战。无法道人见两人如此猖獗，不禁大怒。遂挥起童子剑，和银瓶的戒刀一格，忽听乒乓一声，银瓶手中的戒刀，早已一折为两了。银瓶芳心一惊，不免呆了一呆。无法道人趁势一腿，银瓶竟被踢倒在地，众小道士一见，遂拥上前来捉住。这时无法道人又把剑光向莲贞紧逼，莲贞因为晓得这是宝剑，不敢向他相击，一步一步向殿外而退，意欲飞身逃走。不料背后山野僧伸开两臂，将莲贞拦腰搂住。莲贞挣扎不脱，手中宝剑早被无法道人砍落，山野僧低下头去，便在莲贞脖子上闻了一个香，笑道：

"潘姑娘，一年多不见了，咱们来重拾旧欢吧！"

莲贞回过手来，啪的一声，就量了他一下耳刮子，大骂"贼秃，无耻狗头，休得胡言"。这时小道士拿出绳索，把两人缚在殿上大柱之旁。只见银瓶、莲贞两人怒目切齿，恨声不绝地骂个不停。无法道人笑向山野僧道：

"帅兄，与你一人一个，春色平分可好？咱得这个，你得那个，岂非美事。"

山野僧听他要银瓶，心殊不悦，暗想：咱一年多的相思，直到今天方才到手，不料已到口中的肉，却会被这个淫妇撞散，那真是可恨得很，遂说道：

"师弟这个意思虽合我意，但天啸这孩子是被这个姓潘的所杀，咱以为理应报仇。至于这个项小姐，咱们两人就共同享受吧！"

无法道人一听天啸被杀，因为他是自己的得意徒儿，一时心中也勃然大怒，向莲贞骂道：

"好个大胆女子，敢伤贫道爱徒，若不把你一刀结果，如何叫咱对得住爱徒？来呀！快把这个姓潘的来开胸挖心，以雪此仇。"

众小道一声答应，就有一个面目狰狞的小道士走上来，把莲贞的衣纽解开，露出雪白的酥胸并那大红缎的肚兜。一个小道士捧出一只托盘，还有一碗醋儿，叫莲贞喝下。银瓶瞧此情景，暗暗着急，含了无限歉意的目光，向莲贞望着，说道：

"姐姐，我害了你了，请告诉我姐姐的姓名，也好叫咱将来为你报仇。"

莲贞虽然视死如归，但还有一件使命没有完成，心里也颇凄然，说道：

"咱姓潘名莲贞，妹妹姓甚名谁，亦请告诉我吧！"

银瓶道：

"妹子乃项银瓶是也，若死了，那当然不用说了。假使存在一日的话，终不忘您姐姐为咱而死的大恩。"说到这里，不免潸然泪下。

莲贞听了，大声道：

"妹妹切勿伤心，人生百年，如白驹过隙，早死迟死，无非时间问题罢了。咱生不能啖贼之肉，死亦当夺贼之魄！"

说罢，便紧闭双眼，静待小道士的杀戮。银瓶杏眼微睁，见小道士一人托盘，一人手执匕首，只等无法道人开口，便要动手。无法道人见了莲贞高耸的奶峰，雪白的肌肤，一时心头也软了下来，意欲把她玩弄几天，再给徒儿报仇。但又怕山野僧笑话，因此，只好心头一横，叫声"杀吧"。小道士一声"得令"，卷高衣袖，直向莲贞胸膛直刺。说时迟，那时快，只见血水飞溅，扑的一声，有人早已跌倒在地。银瓶吓得脸无人色，呀的一声惊叫起来。谁知这时候，殿外半空中忽然飞下一男一女，男的向银瓶叫道：

"妹妹别怕，如玉来矣！"

银瓶听了这话，恍若梦中，立刻抬头仔细一望，原来果然是自己夫婿花如玉。刚才跌倒的人并不是潘莲贞，却是小道士被如玉一镖射中的哩！当时如玉给银瓶绑绳割断，梅莲容给莲贞的绑绳割断。莲贞自以为必死，不料却有一个小姑娘前来搭救，定睛细瞧，又颇觉面熟。但事在万急之间，也就无暇顾及。四人不及说话，抢过地下的戒刀，同杀奔过去。无道法人和山野僧虽然嘴里硬着，但心里到底不舍得，何况山野僧是尝过莲贞滋味的人，当然更感到肉疼。不料正在这时，忽然见空中飞下两个男女，把银瓶、莲贞两人救出，同时还杀奔过来。一时怒不可遏，高喊："小道士们切勿放走了这四个狗男女。"于是众小道一拥上前，围住了四人，但哪里是四人的对手，被杀得臂折腿断，叫苦连天。如玉不敢恋战，叫声"三位速走"，于是四人收住剑光，便飞身上屋而去。山野僧心有未甘，便手执戒刀，追踪而上。如玉早已预料得到有人追赶，遂在袖内放出五颗连珠似的银弹丸。山野僧猝不及防，肩头被打中一颗，大叫一声"啊呀"！竟跌了下来。众小道还以为奸细掉落，一拥前去捉拿，见是师伯，急得连忙扶起。无法道人见他肩头鲜血淋漓，忍不住又恨又笑，说道：

"温柔滋味真不容易尝呀！"

山野僧气道："咱家横行天下三十年，从没有吃过一次亏，今日却伤在这个小子手里，此仇不报，怎消咱心头之恨。"

无法道人笑道：

"得了吧！为了你想尝新鲜的，倒累咱爱徒被杀了，小道士死伤不计，真所谓偷鸡不着蚀把米了。如今事已如此，别的也不用说了。你肩头受了伤，快随咱到丹房里去医治吧！"

山野僧无话可说，只好跟他进内。从此以后，山野僧便在普照道院里安静地休养了好几个月。

话说如玉等四人逃出了凤凰岭的普照道院，一路下山，在一个村上，先找到一家茶馆店里坐下。因为时已日上三竿，所以茶馆店里的吃茶人倒也不少。银瓶向如玉先告诉道：

"哥哥，妹子全亏这位潘莲贞姐姐，方才保全清白哩！她真是妹子的大恩人，你应该快代妹子叩谢吧！"

说罢，又向莲贞笑道：

"姐姐，这个就是妹子的郎君花如玉。"

两人被她一介绍，遂不得不站起来招呼。然而四目相接时，彼此似乎有些认识。如玉猛可想起，这少女就是那年夜里的无耻

38

婢子。一时不禁哦了一声，说道：

"原来是你啊！"

莲贞被他这样一说，两颊绯红，羞得不敢抬头。银瓶瞧此情景，心里好生奇怪，忍不住开口问道：

"难道你们早已认识的吗？"

莲贞竭力镇静态度，含了辛酸的眼泪，点头道：

"不错，那年曾经和花爷见过一面，可是日子久了，所以咱们有些记不起了，想不到花爷就是妹妹的郎君哩！"

如玉因为莲贞虽然淫恶，但到底是自己的恩人，今又救了自己的银瓶，可说一恩而恩了，因此不免对她深深一揖，说道：

"受潘小姐的恩惠不浅，真令人感激不尽！"

莲贞让过一旁，却是支吾不能所对。如玉瞧此意态，也知她定已改过自新，一时心头颇为痛快，一面捧过一杯茶，一面连声道谢。莲贞心里又欢喜又伤心，接过茶杯，连说不敢。这时银瓶又问如玉何以知她被劫在此，如玉被她这样一问，倒又引起了一桩心事。向梅莲容望了一眼，笑道：

"若不是这位梅小姐告诉，咱如何晓得？"

银瓶见莲容年纪不过十六七，生得冰肌玉骨，那副风流的意态，真是无出其右，遂也笑道：

"啊呀！你瞧咱这个人可糊涂，梅小姐在旁边，却始终没有招呼哩！罪甚！罪甚！"

莲容道：

"姐姐，你太客气了，倒反使咱有些不好意思哩！"

如玉遂把银瓶被劫后的情形告诉了一遍。莲贞听到莲容情愿给如玉做妾之时，她便不住地把莲容的脸儿细细打量，忽然问道：

"梅小姐，你的爸爸不是叫梅志远吗？"

莲容见她说出爸爸的名儿，心中惊奇万分，便急问道：

"爸爸的名字果然叫作梅志远，你何以晓得？"

莲贞啊哟一声，眼皮儿红了起来，叫道：

"莲容！这样说来，咱们是个亲姊妹呀！"

莲容凝眸呆望她良久，猛可扑上来把莲贞抱住，哭着道：

"咱曾记得姐姐的名儿叫莲贞，但是你怎么会姓潘了呀？"

莲贞一听，果然是的，无限伤心，陡上心头，抱住莲容也不禁呜咽起来。诸位大概还记得莲贞是潘芝山家里的一个丫头吧！因为禁不住主人的勾引，因此失身。同时又遭主妇毒打，驱逐出门。后来幸遇智了师太，方才带回山去的。这些事情在《龙虎剑侠缘》当中已经说过，但对于莲贞的身世，却不曾提起，现在在本书里向阅者交代明白吧！

原来莲贞的爸爸梅志远是个很忠厚的商人，因了他为人勤俭诚实，所以很多着几个钱。娶妻金氏，养女即名莲贞。也许莲贞生成是个苦命人吧！两岁那年就死了娘。志远因为有钱，所以来做媒的人也不知有多少。在无可奈何的境遇之下，志远只好续娶了一个杨氏。杨氏为人险恶，心地狭窄，起初待莲贞颇好，及至

40

莲贞五岁那年，杨氏生下一个莲容后，她便露出庐山真面目，将莲贞视若眼中钉一样。志远稍为劝阻，杨氏便大哭大闹。志远在这样烦恼的家庭生活中，便抑郁成病，未及两载，遂一瞑不视。杨氏见志远死去，不但毫不伤心，而且还暗暗欢喜，遂把莲贞卖给潘芝山做了丫头去。从此以后，她自己又和族中一个远房叔叔梅天德搭上了手，淫夫淫妇安安闲闲地过着快乐的生活。不料好景不常，杨氏自己忽然也患病身死。剩下这份遗产，却给梅天德坐享其成。于是他便娶了许多姨太太，作威作福起来。

那年莲容七岁，被仆妇们带着在门口游玩，却被一个老和尚带去。原来这和尚乃是少林嫡派，名叫麻喇和尚，本领非凡。莲容在山八年，学得一身惊人本领，遂回到家来。梅天德以为莲容早死，今见回家，而且长得如此美丽，心中大喜，当时显出十分亲热的样子，叫她好好住下。这时天德因为在营业上关系结识一个富翁，年已五十余，却于去年死了太太，很想娶一个如花如玉的夫人。那天合该有事，这个富翁来天德家里游玩，齐巧瞧见莲容，惊为天人，急问此女是谁。天德忙命莲容拜见，说"乃咱之侄女儿是也"。富翁啧啧艳羡不止，次日，便派人来作伐，说若能答应，在营业上可以竭力帮忙。天德暗想：反正又不是咱的女儿，管她终身幸福不幸福。于是便一口答应，并来告诉莲容。莲容年幼，心里虽然不悦，但嘴里怎好意思说出来？因此闷闷不乐，在夜里时常失眠，她便索性到花园里来练拳。谁知忽然瞧见如玉，初以为歹徒，所以把毒药箭射他。后来彼此一见，如玉貌美异常，陡然想及自己终身问题，遂情愿嫁他为妾了。

话说莲贞姐妹重逢，细诉往事，方知杨氏也已死去了，莲贞心中怨气也就平了一半，便猛可站起，向如玉跪下，央求道：

"花爷，请你千万哀怜咱的妹妹，就答应纳作侧室吧！可怜我姊妹俩被人愚弄，姐姐已经成了废物。若不答应，我妹妹不是也要丢送她终身的幸福了吗？"

如玉慌得连忙把她扶起，说道：

"潘小姐快别如此，你姊妹俩可说都是咱们的恩人，恩人的话，敢不唯命是听。但咱家中连瓶妹已共有三个妻子了，若收留汝妹做妾，岂非太委屈了吗？况且家母是否允诺，咱自己实不敢做主。"

莲贞听了，又向银瓶跪求。银瓶见莲容娇小可爱，况且自己的性命，一半也可说是她所救，未免惺惺相惜，忙把莲贞扶住，说道：

"姐姐你请放心，相公既有言在先，说若救出了我，便情愿纳你妹子为妾，如今确已脱险，岂可反悔？至于婆婆面前，我亦当竭力代为陈说是了。"

莲贞一听，破涕为笑，即命莲容拜谢花夫人。莲容闻说，含羞上前，盈盈下拜，口喊：

"夫人在上，小女子在此拜见。"

银瓶忙拉住了，笑道：

"妹妹快不要听你姐姐所说，喊一声姐姐也就是了。家里尚有两个妹妹，性情都是很好，一个姓向名凤姑，一个姓何名玉蓝。"

莲贞一听何玉蓝三字，便陡然失色，向如玉望了一眼，泪水不禁夺眶而出，慌忙低下头来。心中暗想：当初如玉被解进京，我将他救出，若好好地安慰他，不做出非礼之行为，咱想如玉也一定能够爱我。如今咱已成为败花残柳，虽已改过自新，但一失足成千古恨，再回头已百年身了。

如玉见莲贞这样楚楚可怜的意态，回首前尘，不免也有些感伤。这时莲容说道：

"那么此刻请花爷和姐姐先到咱家里去一次吧。在叔叔那儿，姐姐千万要给妹子代为陈说的。"

莲贞怒气冲冲地道：

"妹妹真老实人，这种禽兽行为之人，你难道还服从他的话吗？姐姐此去，正欲和他算总账哩！"

于是如玉付去茶资，四人便向莲容家里去了。未知后事如何？且待下回再行分解。

第四回

说梦话似做皇帝
下聘礼忽遭奇殃

话说莲容的叔叔梅天德强占了梅志远的家产，娶了许多姨太太，作威作福，十分快乐。这天晚上，他是宿在三姨太太房中，两人躺在暖烘烘的被窝里，搂在一块儿温存了一回，三姨太太说道：

"你把侄女儿嫁给邵炳魁为妻，那你一定可以得到许多聘金了，是不是？"

天德笑道：

"不但可以得到许多聘金，而且在营业上他还可以大帮我的忙哩！三姨太，不久，咱要更有钱哩！"

三姨太听说，扬着眉毛，把她绵绵软软的身子，紧紧偎着他，柔媚地笑道：

"咱是没有一天不在给你做祷告，但愿你一天一天富起来，不料慢慢地果然应着我的话了。你想，这不全是我的虔心，所以

44

感动天了吗？"

天德听了，打了一个哈哈，凑过嘴，在她薄薄的唇上紧紧吻了一回，笑道：

"所以咱的心眼儿里最爱的就是你啊！咱的好心肝，明天邵炳魁就下聘来了，除了一万两白花花的纹银外，还有一颗挺大的珍珠，听说是汉朝时古物，真可说是一件无价之宝哩！"

三姨太笑道：

"真的吗？那是好极了。你的侄女儿也真好福气，嫁给这样有钱的人家，还愁一切的吃穿用吗？"

两人谈了一回，便也沉沉地睡去。次日醒来，三姨太见天德倚在床栏旁，呆呆地出神，呼之不应，心里好不奇怪。遂也从床上坐起，伸手拍他一下肩胛，笑道：

"你到底想什么心事啦？"

天德回眸见了三姨太，便哦了一声，说道：

"我昨夜做了一个梦，非常奇怪，不知吉凶如何，所以咱只管在想呢。"

三姨太忙笑道：

"你快说出来给咱听听，也许咱可以给你详一个大吉大利的。"

天德见她酥胸半露，乳峰隐现，这种风流的媚态，实在够人魂销，情不自禁地把她纳入怀里，亲亲热热地又吮吻了一回，方才告诉她说道：

"昨天夜里我做了一个奇怪的梦，梦见自己一个人走进一间黑漆漆的屋子里，虽然心里有些害怕，但似乎有一种希望去寻求似的。不多一会儿，屋子里果然渐渐地光明起来。咱回眸向四周望了一眼，那出乎意料之外，咱几乎欢喜得跳跃起来。你道为什么？原来屋子里四周都堆着整块的金子，黄澄澄耀人眼目。我本来是常常在想，最好给我找到了藏金的地方，如今果然实现，那岂不是叫咱喜欢煞人吗？谁知正在这时，咱抬头一瞧，前面却有一面镜子，咱仔细一照，啊呀！头上竟生出两只角来。咱伸手去摸，却是生得牢牢的，一些也摇不动。咱又惊又奇，忽然镜子倒下来，砰的一声，把咱从梦中惊醒，却是一个春梦。三姨太，你倒想想，头上出角，其吉凶如何？"

三姨太听他说完，凝眸沉思半晌，却是说不出一个吉凶来，忽然笑道：

"画官他不专门会详梦吗？你不会把他叫来详一详。"

天德听了，暗想不错。于是两人匆匆起身，洗梳完毕，叫丫鬟把画官喊来，画官忙问什么事。三姨太笑道：

"老爷叫你详梦哩！"

天德于是把梦境向画官告诉一遍。画官听老爷头上出角，心中大吃一惊，呆了一回，连忙堆下笑脸来，向天德拜将下去，说道：

"老爷，恭喜你老人家，头上出角，乃是青龙之象，也许老爷将来要被皇上封为王了。"

天德听了这话，信以为真，乐得手舞足蹈，忙命画官起来，说道：

"若果应了你的话，你就是咱的太监了。"

画官连连谢恩，便退出房去。三姨太忽然向天德跪下道：

"老爷若做了皇帝，你封咱什么？"

天德呵呵笑道：

"咱就封你为正宫娘娘可好？"

三姨太一听，乐得嘴儿也笑得合不拢来，连喊"皇上大恩，没齿不忘"。不说天德和三姨太疯狂似的在房中做把戏，且说画官走到外面，拉了一个平日要好的丫头，名叫小红的，说道：

"小红，你要活命吗？"

小红听他忽然说出这个话来，便瞅他一眼，笑道：

"你这人发疯了，好好怎么说出这个话来？"

画官道：

"那么你到底爱不爱我？"

小红鼓着红红的脸腮，羞涩十分，而又娇嗔地说道：

"咱连最珍贵的处女贞操也交付给你了，你难道想遗弃咱吗？"

画官道：

"咱要遗弃你的话，这时何必来找你，那么咱们此刻就双双地逃走吧！"

小红粉脸失色，大惊道：

"你这话打哪儿说起？给老爷知道，那你倒是真的不要命了。"

画官笑道：

"我知道老爷不出三天，定然死于刀下，怕全家人等，也要连累进内，所以咱约你同逃，还不是为了爱你的缘故吗？"

小红道：

"你别说疯话了，老爷好好的怎么会死在刀下的？你倒给咱说出一个理由来。"

画官道：

"老爷昨夜做了一个梦，梦见自己头上出了两只角，他叫我详梦，吉凶如何。我给他一详，真是凶险到了万分，但又不敢说穿，所以奉承了几句好话，匆匆出来叫你一块儿逃走了。你到底走不走？不走，我自己一个人逃命了。"

小红将信将疑，凝眸沉思一回，说道：

"你别忙呀！那么头上出两只角，难道有这样的凶险吗？"

画官回眸向四面望了一回，见没有别人，遂把小红拉近些，附耳低声说道：

"这个'角'字拆开来乃是'刀用'两字，头上出角，就是头被刀用，你想，头如何可以给刀用呢？那还行吗？所以咱肯定老爷必死于刀下的。小红，你要活命的，快跟咱走。不然大祸来临，你可悔之莫及了。"

小红听他说得这样认真，于是收拾细软，和画官真的逃

48

走了。

且说天德和三姨太在房中都想做皇帝和正宫娘娘，忽然丫鬟来报告，说容小姐的姐姐莲贞小姐到了。天德奇怪道：

"莲贞小姐在十多年前早已卖给潘家做婢子了，她怎么会又来了？"

丫鬟道：

"贞小姐和容小姐一块儿来的，还有一个少年和一个女子哩！"

天德听了这话，愈加奇怪，忙道：

"容小姐昨晚曾出外过吗？"

丫头摇头说道：

"这个婢子倒不详细，反正老爷亲自问她好了。"

天德于是整理衣冠，迎将出来，果然见大厅里坐着三女一男，其中一个少女，正是莲容。他们见了天德，都站起身子。莲容含笑叫道：

"叔父，姐姐回来了呢！姐姐，这个就是叔父，你差不多要不认识了吧。"

莲贞听莲容对自己这样说，遂盈盈上前，只福了一个万福，口喊"叔父，侄女儿在此请安了"。天德皱了眉毛，向莲贞周身上下打量了一回，只把手一摆，说道：

"你是莲贞吗？请坐吧！这两位是谁？"

莲贞见天德如此冷淡样子，心中好不难受，遂答道：

"这位花大爷，这位项小姐，都是侄女的好朋友。"

如玉、银瓶于是也上前请了安，仆人倒上香茗，彼此分宾主坐下。天德向莲容问道：

"莲儿，昨夜你在哪儿，此刻又打什么地方来呀？"

莲容听他这样说，乌圆眸珠一转，只得圆了一个谎，含笑说道：

"说起来事情可凑巧得很，昨儿晚上因为心里烦闷，便到花园里去玩一回拳，不料有一个歹和尚前来行刺，咱就追着出去。不料竟直追到凤凰岭的普照道院，把他们大杀一阵。谁知在普照道院里就遇见了姐姐和这两位，所以便一同回家来了！"

天德唔了一声，点头道：

"原来如此，贞儿这十多年来一向在什么地方？"

莲贞冷笑一声，说道：

"侄女自从被后母卖与潘家，这几年来，无非到处为家罢了。咱以为后母既把咱卖去，她老人家终可以安闲地享福，谁知她偏是个短命鬼，但到底便宜了你！"

莲贞说到了"你"字时，她把杏眼微睁，狠狠地怒视天德。天德两颊绯红，陡然变色，说道：

"贞儿，你这是什么话？叔父因为容儿年幼，所以好意抚养她成人，并代为管理一切。你今日来此，意欲何为？"

莲贞鼓起小嘴儿，冷冷地笑了笑，说道：

"多谢你老人家的慈悲，容妹幸亏了你，才会有现在的一天呢！叔父，请你不必问咱今日来此做什么事，这是咱自己的家呀？为什么不能来呀！你的头脑要清楚一些，你不过是咱们族中一个远房的堂叔罢了。"

天德听她这样说，气得两颊由红变青，眼睛发着绿的光。正欲发作，忽见仆人报进来道：

"邵老爷下聘金来了。"

天德听此消息，不得不把怒火暂时压下，满堆笑容，连喊"请，请"。不多一会儿，只见一个五十多岁的老者，笑嘻嘻地进来。天德慌忙迎上阶去，拱着两手，高喊：

"邵大哥，叫你亲自送来，如何敢当！"

原来这老者就是邵炳魁，当时把他迎入大厅坐下。一会儿，后面四个脚夫抬进两箱纹银并一颗珍珠。炳魁把珍珠取出，拿给天德瞧看，天德接在手里，细细把玩一回，啧啧称赞不止。这时莲容两颊浮着羞恼交迸的红晕，两眼含了怨恨的目光，鼓着两腮，伸手拉莲贞的衣袖，悄悄地央求道：

"姐姐，叔父把咱配的就是这个老头子。你可怜妹妹，千万请你作个主意。"

莲贞听了，点了点头，也悄声儿道：

"妹妹，你只管放心，万事都有姐姐呢！姐姐的一生是完了，咱终不能再叫妹妹也去丢了终身的幸福。"

莲容听她这样说，感动得淌下泪来，凄然道：

"姐姐的一生，是咱母亲害了你了。"

莲贞听了这话，想起自己被潘芝山奸污后，从此生活浪漫，堕入淫贱的途径。假使后母不给自己卖去，也许自己不会到这种地步，自感身世之可怜，眼皮也微红起来，叹了一口气，说道：

"这是你娘的良心不好，与妹妹本不相干。况且妹妹还在哺乳时代，晓得什么呢？所以咱决不会因你娘的可恶，来对你存了恨心。姐姐的心中，是恨你娘，现在你娘死了，就恨你这个叔父。妹妹你瞧着，今天姐姐这口怨气，是统统要出在他的身上呢！"

莲贞说着，便站起身子，拍了拍天德的肩胛，问道：

"叔叔，这到底是怎么一回事呀？"

天德回眸见了莲贞，便把嘴儿一噘，说道：

"你问这个吗？叔父给你妹子已找到了一个好夫婿了。假使你很听从叔父的话，叔父将来一定也给你配个好人家。"

莲贞道：

"真难为了你，妹妹的郎君是哪一位呀？"

天德笑嘻嘻地把炳魁一指，说道：

"就是这位老人家，他家里可有钱啦！吃的鱼肉，穿的绫罗，住的大厦，你妹子嫁了过去，真是幸福无穷哩！来来来！你们快见个礼。"

莲贞绷住面孔，冷笑一声，说道：

"咱问你，妹妹到底嫁人呢，还是嫁钱呀？"

天德道：

52

"什么？像邵大哥那样品貌，难道还辱没了你妹子吗？"

莲贞呸了一声，仰着脖子哈哈地笑了一阵说道：

"妹妹要嫁给这个老乌龟，那不是等于嫁给棺材一样了吗？这才是笑话，咱可不答应。"

莲贞说着，柳眉倒竖，杏眼圆睁，怒气冲冲地把两手抚着腰。这时邵炳魁听了这话，脸上由红变青，由青变白，气得浑身发抖。天德生恐炳魁动气，便勃然大怒，喝道：

"放你的臭屁！你是什么人？敢干涉叔父做的事吗？你要明白，你是被卖去了的丫头！今日到来，对你客气，请你喝杯茶，不然，给咱立刻滚出去，这儿可没有你说话的资格！"

天德说时，一面转过身子，向炳魁连连拱手，赔笑道：

"老大哥！你千万别生气！这是疯子，她的话等于放屁，完全作不得准的，咱说把容儿嫁给你，谁敢放一声狗屁，谁就给咱滚！滚！"

说到这里，贼眼狠视莲贞，牙齿咬得紧紧的，表示他内心是这份儿的狠毒。莲贞不听这话犹可，一听了这话，顿时气得手足冰凉，冷笑了一声，立刻把天德一把抓来，伸手在他肩上轻轻一捏。天德忽然杀猪般地喊起来，身子站立不住，早已跌下地去。但还声色俱厉地向莲贞喝道：

"好，好！你这个不孝的浑蛋，怎么敢打起叔父来了？"

莲贞走上一步，把脚将他踏住，娇喝道：

"你这无耻的王八蛋，倒有脸来做咱们的长辈吗？哈哈！那才是天下的大笑话。老实告诉你，今日莲贞到这里来，是和你结一结总账。你奸了咱这个不要脸的后母，又占了咱们姊妹俩的家产，居然神气活现地做起咱们的长辈来了，你这狗才难道一点儿也不怕难为情的吗？"

莲贞气呼呼地说到这里，便拔出宝剑，向他就要斩下去。天德瞧此情景，方才魂儿飞出了躯壳，双手合十，拜个不停，口喊：

"莲小姐饶命，一切都可以商量的呀！"

莲贞哼了一声，说道：

"商量什么？这十多年来，你也享够了不应该享的福，咱也受足了不应该受的苦。今天便是你出头的日子，咱瞧你死后，不知拿什么脸去见咱的爸爸呢？"

说时，早已手起剑落，只听哧的一声，血水飞溅，天德大喊一声"啊呀"，两脚伸了伸，便一命归西了。这时邵炳魁吓得脸如死灰，全身发料，暗想：三十六招，走为上招，好汉不吃眼前亏。想定主意，拔步就向院子外走。莲容娇小身子，一个箭步，早已把他抓了回来，喝道：

"你这老不死的狗头往哪儿逃？"

炳魁一见莲容，身子软了半截，两脚一抖，扑的一声，已是跪倒在地。叩头求饶道：

"容小姐，你千万息怒，这全是你叔父的主意，咱可一些也不相干的呀！如今你既不爱咱，咱当然不敢勉强，但你千万饶了咱这条老性命了吧!"

莲容不等他说完,撩起纤掌,在他颊上量了一下耳刮子,怒骂道:

"你胆敢说你你咱咱,你有多大的身份?无非多了几个臭钱,想倚势欺人吗?真是浑蛋。你装死,你装死,这轻轻一下子就痛了吗?可是要姑娘再赏给你吃几掌吗?"

炳魁忍了痛苦,只好把按在颊上的手放下来,苦着脸皮,哀求道:

"狗蛋错了,请容小姐原谅狗蛋吧!狗蛋并没有倚势欺人,实在因为太爱你。"

莲容听到此,立刻又一掌打去,喝道:

"你这王八在说的什么?"

炳魁连声改口道:

"不!不!狗蛋该死,狗蛋该死!狗蛋情愿把这一万两银子奉送给小姐,只要小姐饶狗蛋这条狗命吧!"

莲容听他满口的全是狗蛋,一时倒忍不住又好笑起来,意欲放走了他,不料莲贞走上前来,说道:

"妹妹,你和他多缠什么,一剑斩了清洁,这种狗蛋留着有什么用处呢?"

炳魁听了,大喊道:

"莲小姐,狗蛋与你无冤无仇,为何一定要狗蛋死呀?"

莲贞大喝道:

"汝等只知倚势欺人，今日若不结果你，咱们怎对得住国家呢？"

说着，便把剑头向他咽喉直刺，不偏不倚，正中喉管，鲜血直喷。炳魁"啊哟"一声，"哟"字未完，早已一命呜呼了。莲贞道：

"一不做，二不休，咱们就把他们全杀尽了吧！"

莲容连忙拉住了，说道：

"姐姐且慢，下人们都怪可怜的，你就饶了他们吧！"

银瓶、如玉坐在厅上，呆呆地瞧着她姊妹干事，直到这时，方才站起说道：

"容妹这话不错，冤有头，债有主，这狗蛋既死，也就罢了。"

莲贞道：

"若不杀尽，咱们岂不要被他们所害吗？"

如玉道：

"此刻咱们立刻就走，剩下天大的事叫他们去收拾是了。"

莲贞沉吟了一回，点头道：

"也好，那么这一万两银子，咱们拿了沿路救济穷人吧！"

莲容、如玉、银瓶听了，点头称好，于是各携银两，便扬长而去。

且说四人走后，这儿大姨太、二姨太、三姨太早已闻讯奔出，一见天德躺在血泊泊的地上，已是身首分离，一时便号啕大

56

哭起来。三人哭了一回，大姨太方收束泪痕，急问仆人梅青：

"这是怎么一回事，老爷究竟被何人所杀？容小姐和莲小姐的人在哪儿呀？"

梅青道：

"老爷要把容小姐嫁与那老爷为妻，贞小姐不答应，也不晓得怎么一来，贞小姐便把老爷一剑杀死了。后来那个邵老爷也被容小姐抓住杀了，听贞小姐还要把全家杀尽，后幸亏还有两个男女劝住了，方才各携邵老爷送来的一万两聘金，飞一般地逃了。小人是吓得动也不敢动了，直到他们去远了，方才如梦初醒地来报告呢！"

三个姨太听了，又问还有两个男女姓甚名谁。梅青道：

"这个小人倒没有知道。"

三个姨太暗自商量一回，三姨太道：

"这件杀人案子，快快去报官不可。"

二姨太道：

"应该先通知邵家，不然，还以为是咱们害的了。"

大姨太沉思了久，说道：

"事到如今，咱倒有一个主意了。绝对不能说是容儿和贞儿所杀的，咱们应该捏造一件事情，那么咱们就可以全脱干系了。"

三姨太道：

"那么你的意思，用什么方法来捏造呢？"

大姨太道：

"咱们去报官，只说邵老爷来送聘金，事被强人所悉，因此跟踪前来，把两家老爷杀死，容小姐并一万两纹银都被劫去了。这样岂非省却许多麻烦吗？"

三姨太和二姨太听了这话，拍手叫好，一面报告官府，一面通知邵家。邵家因天德果然也已被杀，自然信以为真，只好自认晦气，把炳魁尸身抬去成殓。官府张榜通缉大盗，这样闹了几天，事情也就淡了下来。其实官府对于这种事件，也不希望竭力认真办理，生恐结冤盗匪，对于自己的生命有关。天德的三位姨太太却把这件事情早已丢过脑后，商商量量地分了家产，结拜了姊妹，往后各自引诱一般年轻的浪子，前来幽会。反正有的是钱，所以随心所欲，生活的浪漫，较之天德在日，更加快乐无比。后来三个姨太异想天开，索性收罗年轻的姑娘，开了一个窑子，因此门庭若市，进进出出的人也就更加多了。未知后事如何？且待下回再行分解。

第五回

歧路分袂魂销河干
夫妻团聚快乐家庭

话说莲贞姊妹俩和如玉夫妇匆匆出了梅家大门，银瓶说道：

"贞妹容妹现在就到咱家里去坐一回，避避风头再作道理。"

莲贞点头道：

"如此惊扰姐姐的府上了。"

于是四人匆匆就道。待到了银瓶家里，时已黄昏，和风拂拂，飘舞着丝丝绿柳，在暮霭的空中，如烟如雾，胜如天上。南国风光，真是十分清雅。这时项大成夫妇俩的心里，仿佛滚油在煎一样难受。项太太眼泪鼻涕，项大成长吁短叹。小丫头端上两碗莲子，说道：

"老爷太太，你们一天没吃饭了，饿坏了身子可怎么办呢？想吉人天相，姑娘和姑爷一定会平安地回来。"

大成听了，深深叹了一口气，把一碗莲子亲自端给项太太，说道：

"你本来身子很弱，别难受了，稍许吃一些吧！"

项太太泪眼凝望着大成，瘪嘴撇了撇，哭起来道：

"咱就只有这么一个女儿，欢欢喜喜回母家来住几天，不料就出了这个乱子，那叫咱心里如何会不伤心呢？唉！玉儿既然找不着她，也该先回来，如今天又黑了，两人还杳无消息，你想，你想，咱的心里好像有人在刺一般的痛哩！"

项太太说到这里，早已呜咽而泣。项大成因为如玉昨夜出走，直到今天黄昏还不见回来，生恐遭到了什么意外的不幸，心里原很忧煎，现被项太太这么一哭，他的眼皮也忍不住微红起来。两人正在伤心之间，谁知仆妇李妈笑嘻嘻地进来报道：

"老爷，太太，你们快不要难过了，姑爷和小姐全都回来了呢！"

项大成夫妇一听这话，不禁破涕为笑，跳起来问道：

"什么？你这话可当真吗？"

李妈不及回答，就听见爸爸、妈妈地叫将进来。不见其人，先闻其声，那明明是银瓶的口吻。项太太站起来，伸开两手，也早喊道：

"瓶儿在哪里？瓶儿在哪里？"

银瓶急急奔到项太太的面前，项太太紧紧地抱住了，说道：

"瓶儿，你真急死为娘的了。如玉呢？他……他在什么地方呀！"

银瓶道：

60

"如玉在外面招待客人。妈妈，你别伤心，孩子是一些也没受贼秃的亏呢！"

项太太以手拭泪，念了一声阿弥陀佛道：

"那真是谢天谢地了。"

大成忙问如玉招待的客人是谁。银瓶遂把过去的事情，向两人告诉一遍。项太太哦了一声道：

"那真是全亏了这位潘小姐，咱该出去见见。"

于是三个人又走出房来，银瓶给莲贞姊妹俩介绍了一回。

莲贞姊妹俩抢步上前，口喊：

"伯父伯母，侄女儿在此请安了。"

项太太见两人面目姣好，心里甚喜，一面让座，一面谢了相救之恩。莲贞忙客气道：

"伯母，咱们年轻的人，锄强扶弱，原是应尽的责任，请你不用挂在心上。"

仆妇送上香茗，彼此闲谈一回，室中已上灯火，于是吩咐摆席，大家欢然畅饮。餐毕，银瓶给他们收拾卧房，因为一夜未睡，所以各道晚安，早些就寝了。

且说莲贞姊妹俩这夜宿在大成家里，丫头侍候在旁，莲贞打了一个呵欠，说道：

"你们也自去睡吧！"

丫头答应一声，遂退出房去。莲容望着莲贞的两颊，笑道：

"说穿了，咱们姊妹俩真有些相像。"

莲贞拉了她手，却是轻轻地叹了一声。莲容颦蹙了柳眉，微凝明眸，说道：

"姐姐，你干吗老是叹气？咱们睡吧！"

莲贞点点头，两人到了床边，莲容偎着姐姐的身子，笑道：

"姐姐，咱们俩睡在一头吧！那么才好说话哩！"

莲贞见妹子这意态，实在还是个孩子的成分，一时更引起了爱怜之心，抚着她手，点头笑道：

"好的，那么妹妹快先躺进去吧！"

莲容哧地一笑，便把娇小的身躯，先钻到被窝里去。待莲贞身子碰着了她的肌肉，莲容缩成一团，不禁咯咯地笑起来。莲贞道：

"为什么这样高兴？你怕痒吗？"

莲容道：

"咱从来没有和人一头睡过，今天和姐姐才算是第一次。"

莲容说着，把身子挨近过来，偎在莲贞的怀里，微抬了粉颊儿，见着姐姐的眼皮似乎有些湿润，一时失惊道：

"姐姐，你好好为什么伤心了？"

莲贞搂住她的娇躯，勉强笑道：

"谁伤心？妹妹，咱们睡吧！"

莲容撒娇似的把身子忸怩着道：

"不！咱们姊妹俩隔了这么多年，不该好好谈一回吗？"

莲贞听了这话，脸色愈显惨白了，凄然道：

"还有什么话好谈呢？你姐姐是个苦命人，今生是没有幸福快乐的日子了。"

莲容更紧搂着她，说道：

"姐姐，你是恨妈把你卖给人家做丫头吗？唉，我心里也恨着呢！"

莲贞见妹妹也盈盈欲泣的模样，遂把手儿拍着她背部，安慰她道：

"咱倒没有恨你的妈，咱只恨自己命苦。人生本来是等于做一个梦，所以咱很情愿做姑子去。"

莲容道：

"姐姐为什么要做姑子去？假使姐姐真的这样做，妹妹一定跟你同去的。"

莲贞对于妹妹这句话，倒是出乎意料之外。推开了她身子，凝望着她的脸儿，破涕笑道：

"妹妹，你……这是什么话？妹妹年轻啦，人生之乐无穷，岂能看姐姐的样儿呢？有这两句话，也就是了。"

莲容认真地道：

"姐姐，你这话好生奇怪，妹子年纪固轻，姐姐难道已经老了吗？"

莲贞叹道：

"姐姐人虽未老，而心老已久矣！妹妹，你是一个纯洁可爱的姑娘，将来配与花爷，自然幸福无穷，祝妹妹永远置身在乐园之中，那咱亦很欣慰的了。"

莲容虽然年幼，听姐姐这样心如死灰的话，猜想过去，姐姐定已失身于人的了。追其原因，终是母亲心太狠，一时代为伤心，抱着莲贞脖子，淌下泪来。莲贞见她哭，心里辛酸，也泪水夺眶而出。姊妹俩泣了一回，莲贞道：

"妹妹，别伤心，你如今是个无家可归的人了，姐姐终要把你安顿舒齐，才放心哩！"

莲容道：

"但是，姐姐何尝不是一个无家可归的人……"

莲贞道：

"姐姐几年来的流浪生活，到处为家，却也不以为苦了。妹妹，过去的事别谈了，只当是一个梦，回忆梦境也徒然使咱伤心罢了。唉！别提往事吧！提起了心痛，妹妹，睡吧！"

莲容于是不再说话，姊妹两人也就沉沉入梦乡去了。

次日起身，莲贞姊妹俩刚才梳洗完毕，只见银瓶笑盈盈地进来，说道：

"时候早哩！为什么不多睡会儿？"

莲贞道：

"已睡畅了，瓶妹倒比咱们还早呢。"

银瓶笑道：

"咱也才起来一会儿，你们昨夜睡得不舒服吧？今天咱又吩咐仆人收拾那面一间西厢房，给你们分开了睡，就舒服呢！"

莲容忙道：

"不！姐姐不用操心了，咱们昨夜睡得很舒服，姊妹睡在一块儿热闹些。"

银瓶听了，向她望了一眼，却是微笑了一笑。

莲贞却上前拉了银瓶的手，亲热十分地说道：

"妹妹，容妹这件事情，千万要请你特别帮忙才是。你若允许了，咱想这件事情就没有不成功的了。"

银瓶原是很大度的姑娘，况且家里还有玉蓝和凤姑呢！所以乐得做个人情，笑着道：

"这个你请放心吧！容妹这样人才，不但咱瞧了喜欢，咱们婆婆一定也会怜惜她的。至于还有两个姊妹，也都大度人，看咱们三人配了一个夫君，却从来不曾多过一回嘴，相敬相爱，反而更加快乐呢！姐姐为了救我，险些先害了你性命，此恩此德，妹子正无从报答，难道姐姐这一些小事，妹子也不肯尽力吗？那真不是人了。所以婆婆就是不允许，咱无论如何终也要叫她答应了才是。"

莲贞听她这样说，当然万分感激，把她手儿更握得紧一些，不住地点头，表示十二分感谢的意思。四眸瞧莲容，却羞得低垂了脸儿，两眼只管望着自己的脚尖出神，遂喊道：

"妹妹，你快过来，瓶姐这样情分对待你，你该拜谢呀！"

莲容听姐姐这样吩咐，便姗姗走来，向银瓶盈盈下拜，口里亲亲热热地喊了一声姐姐。慌得银瓶连忙扶起，拉着她白嫩的玉手，笑道：

"容妹如此多礼，岂不折死愚姐的了。"

莲容含笑不答，剪水秋波，脉脉含情地凝望银瓶，显出讨人喜欢的娇态。莲贞又正色道：

"妹妹，姐姐告诉你，为人妻的终要尽妇之道，婆婆最要孝敬，切忌搬弄是非，就是三位姐姐那儿，也要听从话儿，不能执意违拗。"

莲容听姐姐这样说，两颊更娇红得可爱了，除了默默地点头外，自然不好意思开口说话。银瓶见莲容这样娇羞欲绝的神情，便瞅了莲贞一眼，笑道：

"你别摆老大姐的架子了，叫容妹听了，不是怪不好意思吗？"

莲贞笑了，莲容抿了小嘴儿也忍不住哧哧地笑。正在这时，如玉也进来了。银瓶睃他一眼，说道：

"你进来做什么？"

如玉慌忙停住了步，笑道：

"咱是请你们吃早饭去呀！"

莲贞也笑道：

"花爷，你只管进来吧！咱的妹子要叩谢你收留之恩呢！"

如玉听了，连说"这哪儿敢当"，身子便先退了出去。银瓶笑道：

"有这样美丽的一个容妹白白地送给他，他真乐得什么似的，此刻倒又装起假正经了。"

说着，便和莲贞姐妹俩一同到外面吃早饭去。

光阴匆匆，这样住了三天，如玉那晚和银瓶说道：

"咱们在你爸这儿也住了二十多天了，母亲心里恐怕要记挂，所以咱的意思，明天回去了好不好？"

银瓶道：

"随你好了，明天回去也不要紧……"

说到这里，忽然想到了一件事，便向如玉呸了一声，说道：

"罢呀！别说好听话了，你回家是恐怕婆婆记挂吗？那你倒是一个孝顺儿子。"

如玉忽然被银瓶这么一说，倒不禁为之愕然，定住了眼睛，凝望着银瓶含了神秘的娇容，怔怔地问道：

"那么照你说来，可是咱还有什么别的意思不成？"

银瓶秋波白了他一眼，笑道："当然啰！你是别具心肠的呀！"

如玉握住她手，急道："好妹妹，你别冤我吧！我别具什么心肠呢？你倒说出来给我听听吧！"

银瓶偎着他肩胛，憨憨地笑道：

"你不用假装含糊，咱就做个老实人也好。你急急地要回家，不是想早和容妹享受鱼水之欢吗？可不是一句说到你的心眼儿里去。"

如玉听了，猛可把银瓶娇躯搂在怀里，在她殷红的唇上紧紧

67

地吻住了，笑道：

"妹妹，好呀！你自己答应了人，此刻又来冤我，那我可不饶你。"

说着，伸手又到她腋窝下去胳肢。银瓶小嘴被他紧紧吻着，已经有些透不过气。今被他一呵痒，这就忍不住躲着咯咯地笑起来，嗔道：

"你还不放手，回头下人们瞧见，成什么样儿？"

如玉却乘势把她身子按到床上，两人并头躺下，说道：

"两小口子在闺房里说笑，那有什么关系呢？瓶妹，你躺着不能动，动一动咱就呵你痒。"

银瓶最怕肉痒，两手环抱了胸口，真的不敢起来。如玉笑道：

"你自己做了好人，在咱面前又说俏皮话，那你自己说该怎样罚一罚？"

银瓶鼓着小腮子，说道：

"刚才咱这句话要不说到你的心眼儿里去，咱也不做你的瓶妹了。"

如玉道：

"不做咱的瓶妹，做咱的爱妻对不对？"

说着，伸手又把她搂住了。银瓶并不挣扎，偎在丈夫的怀里，只是咪咪地笑。如玉吻着她的颊儿，温存了一回，把她脸儿略为推开了一些，凝眸望着她，说道：

"瓶妹，你以为咱又得了一个姑娘，心里快活吗？其实咱正忧愁着哩！"

银瓶撇了撇嘴儿，说道：

"你忧愁什么呀？"

如玉道：

"母亲曾教训我，说你已有了三个美丽的爱妻，以后切勿再有姑娘家的事情发生，所以咱担忧的母亲一定不肯答应的。为此咱始终不肯承认收留她为妾，都是你给我答应了，万一明天母亲不答应，那岂不是误了人家姑娘的终身吗？"

银瓶啊哟了一声，伸指在他额上狠狠一戳，说道：

"你这人真是没良心的种，照你说，咱一片好意，难道还害了你不成？"

说着，便一骨碌翻身别了过去。如玉见她赌了气，只好连赔错道：

"妹妹，妹妹，你快别生气呀！咱又不是畜类，难道你这份恩情对待咱，咱倒反说你害我吗？咱是恐怕母亲责骂，要求你成全咱到底，千万要向母亲讨情的。妹妹，你回过脸儿来，咱还有话儿要跟你说哩。"

银瓶不理他，依然背着他。如玉没法，只好涎皮嬉脸地把她身儿扳转来。银瓶也没拒绝，两人的脸儿于是又瞧了一个正着。如玉笑了，银瓶到此又忍不住笑，但立刻又绷住了粉颊，瞅他一眼，嗔道：

"谁和你嬉笑?"

如玉道:

"咱怎敢和你嬉笑,咱是正经地在恳求妹妹呀!"

银瓶从床上坐起,纤手理了一下云发,说道:

"像你这样的人,也有事儿恳求咱帮忙吗?"

如玉跟着坐起,挨近了身子,说道:

"这是哪儿话?咱一生的事情,要妹妹帮忙的地方可多着哩!"

银瓶见他马屁拍足,忍不住又嫣然笑起来。如玉按着她肩儿,凑过嘴去,柔声儿道:

"莲容的事情,承蒙妹妹成全我,那我自然万分感激。不过在母亲并凤妹、玉妹那儿,你千万要代为陈说的。"

银瓶回眸望他一眼,说道:

"你要咱这样出力帮忙,也没有那样容易的呀!"

如玉想了一回,忽然哦了一声,便向银瓶跪了下来,笑道:

"咱这样跪求,那你终可以帮咱的忙了。"

银瓶想不到他有此举动,一时忙把他扶起,以手划脸,羞他道:

"男子膝下有黄金,你难道不怕难为情么?"

如玉笑道:

"在妹妹的面前打什么紧,只要妹妹说一句话,咱什么事情都做得到。"

70

银瓶啐了他一口，笑道：

"不要你拍马屁，只要你少给咱怄气也就是了。"

如玉笑道：

"咱长了几颗脑袋，敢给妹妹怄气吗？"

银瓶不禁又笑起来。当夜两人商量已定，到了次日，便向大成和项太太告诉回家之意，大成夫妇不便强留，遂答应给他们午后动身。莲贞得此消息，便向银瓶再三拜托，说道：

"姐姐把妹子托付了你，千万请你可怜她无父无母，年纪又轻，终要你照顾照顾，那就叫咱感恩不尽了。"

银瓶听了她言语真挚，当然十分同情，握住她手点头道：

"你的妹妹，即是咱的妹妹，一切都由咱照顾，你放心是了。咱想姐姐反正没事，何不和我们一同回去玩几天呢？"

莲容听了，也说道：

"这话不错，姐姐为什么不跟咱们一块儿走呢？"

莲贞虽然也想同去，但玉蓝是曾经知道自己干过无耻的丑事，今见了自己，岂不要被她看轻吗？因此只好撒了一个谎道：

"咱因为还要到师父那儿去一次，反正日后可以来玩的。"

银瓶听了，也就罢了。只有莲容心里十分难过，望着莲贞，暗暗泪抛。

到了下午，四人向大成夫妇拜别，大家向广东而去。在歧路分袂的时候，莲容握住了莲贞，依依不舍，含泪说道：

"妹子与姐相聚未旬日，今又又分离矣！"

莲贞也凄然道：

"好在彼此年轻，往后聚首之日自多，妹妹切勿伤心，保重身子！姐飘零一生，四海为家，妹勿以吾念也。"

莲容听此，再也熬不住泪水盈盈而下，拥而抱姐之颈，呜咽而泣。莲贞感身世之可怜，亦不免涕泗滂沱矣！银瓶见姐妹俩的真情至性流露，一时也感动得淌下泪来。如玉见莲贞性情大变，灰心若死，回首前尘，更加感慨系之。莲贞泣了一回，推开莲容，说道：

"别留恋，咱们后会有日哩！"

说着又和银瓶握别，回眸向如玉道：

"妹子年幼无知，若有冒犯之处，一切还希花爷原谅是幸。"

如玉不及回答，莲贞便回身匆匆走了。

三人直不见了莲贞的影儿，方才匆匆就道。银瓶柔声安慰莲容，不要伤悲。莲容自然不好意思再显出伤心的样子，一路上平安无事。这日到了广东省城，弯进兴隆街花府大门，仆人花林一见大爷和奶奶回来，早已通报进去。花太太上房里正和凤姑、玉蓝闲谈。丫鬟小娥端着香茗给老太太和奶奶解渴，听大爷和奶奶回来，便掀着门帘侍候。只见如玉在前，奶奶携着一个姑娘在后，笑盈盈地进来，向花老太先请了安。花老太也问大成夫妇的好，一面又问这个姑娘是谁。如玉向银瓶望了一眼，银瓶会意，便倒身下拜，向花老太说道：

"婆婆，这事说来话长，待儿媳详详细细告诉你老人家听吧！"

花老太忙命小娥把银瓶扶起，说道：

"你站起来说吧！"

银瓶道：

"儿媳告诉了后，婆婆千万要成全他才好。"

花老太和凤姑、玉蓝听银瓶这样说，心里早已明白一半，遂点头假装含糊道：

"你且先说了再说。"

银瓶于是把自己被劫，幸亏梅莲容姐妹相救，并莲容、如玉误会，后又同往普照道院相救的话，细细诉说了一遍，又道：

"莲容如今无家可归，且又痴心相爱，万望老太太成全了他们吧！"

如玉、莲容听了，便也跪求。花老太命莲容起来，走近身旁，向她细细打量。觉得容貌美丽，甚于三个媳妇，一时引起爱怜之心，便问长问短地问她一个仔细。莲容小心回答，花老太见她性情温柔，口齿伶俐，心里欢喜，便向如玉喝道：

"便宜了你这个畜生，你在瓶儿那儿拍足马屁，无怪瓶儿给你这样帮忙。现在你向玉儿和凤儿那里问一声，她们允许不允许呢？"

如玉听了，笑嘻嘻地向玉蓝和凤姑深深一揖。玉蓝、凤姑明知婆婆已经答应，无非要刁难他罢了，便含笑都说不知道，这个要婆婆做主的。如玉没法，又向花老太跪求，花老太却说要你两

73

媳妇答应的。如玉到此，便厚着脸皮向玉蓝、凤姑跪了下去。慌得两人都躲到花老太身后去，小娥以手划脸羞他，哧哧地笑。花老太道：

"你这孩子，有了三个妻子，还要到外面勾搭姑娘，岂非贪得无厌吗？这次瞧在三个儿媳分上，就成全了你，日后若再有同样事情发生，决不轻饶，你可知道吗？"

如玉诺诺连声，退过一旁。莲容又向花老太跪下，叩谢收留之恩，一面又向凤姑、玉蓝跪下请安。凤姑、玉蓝见她矫小可爱，遂也含笑扶起。这天夜里，花老太叫莲容伴在上房里同睡。叫如玉挨次地睡到凤姑和玉蓝房中去。直到第三天晚上，莲容的卧房早已收拾舒齐，于是给他们成婚圆房。拜过祖先及花老太，又拜见三位奶奶，方才由小娥手捧花烛，送入洞房。如玉见莲容羞人答答地坐着，遂走上前去，低低地说道：

"妹妹，咱们睡了吧。"

莲容这才微抬蝶首，笑盈盈地亲自给他宽衣解带。两人携手同登牙床，掀开绣被，躺了进去。一个是郎情若水，一个是妾意如绵，说不尽的恩爱风流，卿卿我我，演出了无限旖旎的风光。

第六回

避雨逞强虎狼入室
送杯获子保官认娘

话说美臣眼瞧着如玉、志飞都结了婚，心里虽然也想着徐丽鹃，但终觉自己年纪尚轻，早婚恐怕对于自己功夫有损，所以没有到宛平县去。在如玉家里住了几个月，便回到中山县周家村。德臣见弟弟回家，心里十分喜欢，便问他这几个月一向何处。美臣便约略告诉一遍。这时德臣妻子王氏领着孩子保官从上房走出，见了美臣，连忙含笑叫道：

"叔叔，你多早晚回来的呀？"

美臣也站起向嫂子请安，保官恭恭敬敬地鞠了躬，口喊：

"叔父，咱们好多个月没见，你老人家好啊！"

因前时美臣曾教保官几路拳法，所以叔侄两人甚为相投。美臣见他活泼可爱，遂拉了他小手，也笑道：

"叔父很好，保官也好吗？"

保官乌圆小眼睛一转，点头笑道：

"侄儿一天到晚跑跑跳跳，身子倒很好，多谢叔父记挂。"

大家见五岁的孩子说话聪敏有趣，都忍俊不置。王氏道：

"自从叔叔走后，保官是没有一天不念着叔叔怎么还不回来的，如今叔叔回家，这孩子就快乐哩！"

美臣听了，便把保官抱起，吻他一个颊，笑道：

"真的吗？"

保官点点头，憨憨地笑道：

"真的，叔父别再出外去了，咱喜欢会跳会飞，会打拳会舞剑，有了本领，咱不是可以不给人家欺侮了吗？假使见了强徒欺侮穷苦的人，咱还可以打抱不平哩！"

美臣向哥嫂望了一眼，点头笑道：

"不错，小小年纪会说这一种话，可见天生成的一副侠骨，这孩子将来可了不得。"

王氏听叔叔这样称赞，眉开眼笑地说道：

"这还要叔叔好好地栽培哩！叔叔请坐会儿，嫂子去杀只鸡、烫壶好酒来给叔叔接风吧！"

美臣忙道：

"嫂嫂，自己人不必客气。"

王氏秋波向美臣乜了一眼，笑说了一声"咱又忙不了什么"，便兴冲冲地奔到厨房里去了。美臣放下保官，德臣请他坐下，又问皇上这只九龙白玉杯到底有下落了没有。美臣道：

"咱和如玉兄曾到清龙寨去探听一次，险些丧了性命，那只白玉杯恐怕就在那里，看有机会，还想到那边去探一次。"

德臣点头道：

"长蛇岭清龙寨贼势浩大，弟弟不能单身轻入，千万小心才是。"

美臣道：

"不入虎穴，焉得虎子？"

保官在旁听了，插嘴笑道：

"叔父快教了侄儿本领，明儿可以跟随叔父去杀贼呢！"

德臣喝道：

"小孩子不许胡说八道。"

保官见父亲骂他，便噘了小嘴儿不言语了。美臣见他神情可爱，遂把他拉到怀里，抚着他头发亲热了一回，一面向德臣问近来生意如何。原来德臣在镇上开设一爿布店，便含笑着答道：

"营业倒也不错，青惠镇离此虽不十分远，但天天来去也甚不方便。店里生意一忙，咱就有些走不开，但家里也需要人照顾，所以弟弟回家，我心里是很欢喜的。"

美臣道：

"既然哥哥手里很忙，就只管放心前去，至于家中，弟弟目前无事，就暂时照管是了。"

德臣大喜，点头道：

"如此好极，咱也就放心了。"

兄弟两人谈了许久，早已上灯时分。王氏出来摆碗筷酒杯，一面已端出四只冷盘，一面向德臣道：

"你可以伴叔叔入席了。"

德臣遂携了美臣的手坐下，保官坐右首。王氏又在厨下拿酒壶出来，亲自给美臣筛酒。美臣站起身子，双手捧着酒杯，说道：

"多谢多谢，嫂子可累忙了。"

王氏笑道：

"叔叔，你怎么这样客气？那还像一家人吗？"

德臣道：

"正是！弟弟你坐着，别客气了。"

王氏给德臣筛好了酒，保官递着酒杯也伸过手来，笑着嚷道：

"妈妈，你给我也筛一杯呀！"

王氏道：

"叔父在这儿，小孩子是不可以喝酒的。"

保官听了，回过头去，乌圆的眸珠转了转，向美臣怔怔地问道：

"叔父，你说小孩子能喝酒吗？"

美臣忍不住笑道：

"稍许喝一杯，那是可以的，但不能多喝。"

保官点了点头，笑向王氏道：

"咱晓得妈妈诳咱哩！"

王氏瞅他一眼，笑嗔道：

"你胡说，妈妈怎么会诳你？"

保官舌儿一伸，显现出一个兔子脸，笑道：

"咱说错了，好妈妈！你就给我筛上一杯吧！"

大家见他顽皮得可爱，忍不住都又笑起来。王氏遂给他筛上一杯。美臣道：

"嫂嫂也一同来吧！"

王氏道：

"好的，咱回头就来，又没有好的菜请你吃，叔叔不要客气。"

说着，便又到厨下去。美臣见保官脸儿红红的，仿佛一只熟苹果那么可爱，遂笑道：

"你会喝几杯酒？"

保官伸出三个指儿，笑道：

"咱曾喝过三杯，爸妈不许再喝，所以就没有喝下去。今天咱想喝四杯，叔父好吗？"

美臣笑道：

"只要你不会醉，就是喝五杯也可以。"

保官听了，拍手笑道：

"到底叔父好哩！咱准定喝五杯。"

德臣笑道：

"这孩子就有些憨气，将来怕没出息。"

美臣摇头道：

"哥哥这话错了，依弟看来，这孩子倒是个可造就的人才。"

德臣道：

"一切全仗弟弟栽培，那才有希望哩！"

诸位记着，保官长大，将来本领惊人，干了许多轰轰烈烈的事情，绰号为万人敌，绿林好汉，无不望风而逃。此是后话，且表过不提。

再说王氏在厨下把鸡炖烂，盛在碗内端出，见保官两颊绯红，似有醉意，因笑道：

"这孩子喝了多少酒？想是醉了。"

保官伸开两手，叫王氏抱去，笑道：

"喝了五杯酒。妈妈，咱没有醉，咱有些头晕，让咱去躺会儿好吗？"

众人听他说得有趣，忍不住都又笑了。王氏一面抱他进房，一面含笑带嗔地说道：

"叫你别喝多了，你偏不听妈的话，如今到底醉了。"

这里德臣请美臣吃鸡，不多一回，王氏从房内走出，美臣笑问保官怎么了。王氏道：

"一躺倒床上，就睡着了，你想，这孩子可有趣吗？"说着，盛了一碗饭。

美臣道：

"嫂嫂给咱也盛一碗吧！"

王氏道：

"怎么酒不喝了吗？"

美臣道：

"已喝得不少了，再喝也和保官一样醉了。"

德臣、王氏都忍不住好笑，于是也不客气，王氏遂给两人盛了饭。餐毕，泡上香茗，德臣和美臣在草堂谈话，王氏把碗筷收拾过去。

晚上德臣送美臣至书房安息，自己也步入卧房就寝。只见王氏对镜正在梳洗，因为有了几分醉意，不免望着她脸儿出了一回神。王氏见他这个样儿，回眸瞅他一眼，笑道：

"呆望我做什么？难道做了十年夫妻，还不认得我吗？"

德臣笑道：

"咱瞧你的脸儿红白分明，风韵犹不减当年，因此咱又想起新婚的夜里来。"

王氏啐他一口，把手巾在嘴唇上抿了一下，回身到床边坐下，瞅着他娇嗔道：

"你今夜喝了多少酒？怎么竟像起儿子来了呢？"

德臣移着歪斜脚步，挨近了王氏坐下，笑道：

"我没有醉，咱们夫妻在闺房里说说笑话要什么紧？"

说着，便伸手搂着王氏的颈脖。王氏笑道：

"你醉了，还是早些睡吧！"

说着，便把他轻轻推开了。德臣没有回答，于是两人脱衣就寝。王氏见他躺在被窝里很不安静，遂拉了他一下手儿，说道：

"你还不熟睡做什么？"

德臣说道：

"也许咱太兴奋了的缘故，觉得好像有件事情没干似的，心里很是难受。"

说时，把身子移近过去，伸手去搂王氏的腰肢。王氏红着两颊，笑道：

"你这人就喝不得酒，喝了就像孩子般地缠人。快放手了，痒斯斯的，叫人怪难受。"

德臣不说话，把手去解她衣纽。王氏道：

"安静些睡吧，别把孩子吵醒了，那做爸的难道不怕难为情吗？"

德臣说道：

"你别忙，咱有个原因的，镇上那爿布店生意很好，几个伙计都忙不过来，咱想到店里去住一月，又怕家里没人照顾。如今弟弟回家了，咱就很放心，预备明儿就走，往后就要一个月不回来，那么今夜不是应该……"

说到这里，向王氏嘻嘻一笑，身子已跨了上去。王氏这才明白，因此也就不说什么，半推半就地让德臣柔情蜜意地温存了一回，说道：

"你明儿就走，叫叔叔看家，他可曾答应你吗？"

德臣道：

"自家兄弟，哪有不答应的道理。我关照你，叔叔是个了不得的人儿，你千万不可怠慢他。幸而他是个明大义的，依然对你很好，假使他记起幼时你虐待他的狠心来，那你岂不是糟糕了吗?"

王氏道：

"从前咱也不知道为什么要这样量窄？如今是懊悔了，你瞧咱现在不是待他很好吗?"

德臣点头道：

"这样才是做嫂子的道理!"

当夜夫妇两人恩爱了一回，也就沉沉睡去。

次日，王氏给他整理些衣服，德臣便来和美臣告诉，美臣道：

"哥哥放心前去，家中一切的事情，弟弟自会照顾的。"

德臣点头，于是动身向青惠镇而去。自从德臣走后，美臣便天天教授保官拳法。保官天赋聪敏，心领神会，不到半月，便学会了一路醉八仙拳。那天王氏要把一只石捣臼移到院子西首去，但没法移动，只好呆望着出神。齐巧保官走来，问母亲想什么心事。王氏道：

"咱欲把那个石捣臼移过去，你给咱去把叔叔请来吧!"

保官笑道：

"杀鸡何用牛刀，待孩儿把它推过去是了。"

王氏急道：

"你别发什么疯了，还不快给我停手。"

保官哪肯听她，便一擦衣袖，两只小手把石捣臼一推，说也不信，那石捣臼便好像皮球那般地滚了过去。王氏这一惊异，把她直弄得目瞪口呆，好一会儿，才拉了保官的手问道：

"咦！你哪儿来的这许多气力呀？"

保官笑道：

"这全是叔父教授孩子的呀！妈妈，孩子将来一定要做大侠。"

王氏再也想不到他们叔侄两人在院子里整天地拳来脚去，未到半月，就练就了这么气力。一时暗暗吐舌，愈加佩服美臣，从此更待美臣好了。美臣因为嫂子过分客气，心里倒反而感到不安。光阴匆匆，早已一月过去，这日德臣回家，说店中生意实在不错，他来瞧一次，仍要回店里去的。王氏见夫君回家，便杀鸡设酒，十分兴奋地忙碌着。保官笑向德臣道：

"爸爸，孩子已有些小气力了，都是叔父教我的。打明儿起，咱每天要挑水，要劈柴，将来本领更大哩！"

德臣道：

"别胡说，不好好念书，怎么学起小厮的事情来。"

保官笑道：

"爸爸不懂拳术的。"

德臣道：

"胡说……"

84

保官笑道：

"咱一些不胡说，爸爸不相信，孩子可以试给你瞧。"

德臣道：

"一个月不见，这孩子愈顽皮，该打。"

说着，便伸手去抓保官，不料被保官轻轻推了一下，德臣竟倒退了数步，险些跌倒在地，害得美臣哈哈地大笑起来。保官慌忙跪倒在地，向德臣道：

"爸爸，孩儿该死。"

德臣想不到五岁的孩子，一月不见，果然有这样气力，便望着美臣。美臣笑道：

"此儿乃神童也，略经指点，就有此本领，日后必成大器。"

德臣听了，这才大喜，急把保官抱起，竭力又勉励了一回。过了一日，德臣又到镇上去，美臣在家只是教授保官。流光如驶，残冬将尽，早又三阳开泰，蓬蓬勃勃的春天到了。这日风知日暖，皁长莺飞，春光明媚，美臣便有出游之意。保官说道：

"叔父要到前村去玩玩吗？那边桃林遍地，烂灿夺目，倒是一个小名胜之地，不妨去玩一回，侄儿看住家门是了。"

美臣道：

"既如此，你不可走开，妈妈问你叔叔到哪儿去，只说一会儿就来是了。"

保官点头道：

"侄儿理会得。"

85

于是目送美臣远去，他便掩上竹篱笆门，回身进屋子里来。王氏正从厨房出来，见保官一人在此，便问叔叔哪儿去了。保官道：

"他到前村去玩一回，就来的。"

母子说了一回，忽然天空浓云密布，洒洒地竟落起大雨来。王氏道：

"这样好天气却落雨了，那就稀奇了。这也是不凑巧，你叔父偶然出去走走，就淋雨哩！"

保官道：

"可不是？叔父不知在那边可有躲雨的地方呢？"

正忧虑着，突听竹篱笆门吱一声，同时又有一阵脚步声响进来。保官以为美臣回家了，便笑嚷出去道：

"叔父，叔父，你可淋着雨了吗？"

不料话声未完，只见进来的不是叔父，却是一个黑脸大汉，生得豹头环眼，十分怕人。保官仗着胆子，走上去拦住了喝道：

"你这人不问三七二十一地乱闯干吗？是找哪家？"

诸位！你道这大汉是谁？原来就是清龙寨中的二头目魏成虎，他奉寨主之命，原到山东祝寿的，路经周家村，忽遇暴雨，所以急急向人家屋子里来躲避。今见一个小孩子向自己喝问，想不到有此胆量，心里好生奇怪，便望着他笑道：

"小哥儿，你别惊慌，咱是来躲一会儿雨的，回头天晴咱就要赶路的。请问你家的家长可在吗？"

保官圆睁了小眼睛，细细向他打量了一回，摇头道：

"咱的家长不在家里，你既是避雨的，就行个方便，你在此站一会儿是了。"

魏成虎见他不肯让自己进内，心里好生气恼，瞪他一眼道：

"你这孩子好生无礼，怎么只叫咱站在这里？难道屋子里有什么珍宝怕给咱抢去不成？"

保官也喝道：

"浑蛋东西，汝自己好生无礼，怎么反骂起咱来？毫不相识地乱闯到人家里来，难道是应该的吗？咱不把你骂出去，还是对你特别客气呢！这东西真岂有此理，如今你还是给我快滚出去吧！"

魏成虎在绿林中谁人不晓，想不到今日会被一个孩童欺侮，一时气得环眼圆睁，大喊一声"放你狗屁"。正欲动手打击保官，王氏闻声赶奔出来，瞧此情景，急得连喊：

"住手，客官有话可说，何必行凶？"

成虎抬头一见，却是一个二十五六岁的少妇，生得柳眉凤目，虽非倾国倾城，却也楚楚动人。一时心里便荡漾不止，很快地放下了手，赔笑说道：

"这位大娘贵姓？咱乃过路之人，因避雨来此，如何敢动手打人呢？这位小哥儿想是令郎了，他年纪虽小，却喜欺人，故而使咱着恼。"

王氏见他容貌凶恶，想来绝非善良之辈，因为叔叔和夫君都不在家，生恐被他欺侮，不得不向他含笑说道：

"小孩子不懂什么，言语冒犯了客官，多有得罪，还请原谅。客官既避雨来此，不妨进来宽坐吧！"

成虎见王氏如此客气，心中大喜，弯了腰，连连道谢，一面跟着走进草堂。王氏倒了一杯茶，叫保官在旁相陪，自己便走进卧房里去了。成虎以为王氏进房必去拿取什么，谁知进去以后，就不见她再出来，心里好不难受，遂向保官道：

"你姓什么？你爸爸可在家里？你妈妈今年几岁了？"

保官听了，只用两只眼睛向他白了白，却并不回答。成虎瞧此情景，心里愈加不快，喝道：

"你这小孩子敢是聋子不成，老子问你的话，为何一句也不回答呀！"

保官把两条眉毛一竖，圆睁了眼睛，大骂道：

"放你娘的臭屁，你不过是来避一避雨的人，要你问长问短问什么？王八蛋的东西，识趣的早些滚出去！不然，莫怪小爷无情。"

成虎听他口出大言，忍不住大笑起来，呸了一声，把拳头狠命地在桌上击了一下，只听着哗啦一声，那张板桌早已击破了一个洞了。成虎狠视保官，喝道：

"黄口乳子，血毛未干，敢在老子面前放肆。你到底要死要活？快把你的母亲叫出来，咱就饶你一命。否则，把你这个小头颅也打得像桌子一样，瞧你有什么办法。"

保官见他把桌子击成一洞，不但脸无惧色，反而从椅上跳起，一撩衣袖，喝声"照打"，便把小拳向成虎胸口直击。成虎冷不防被他打中一拳，觉着倒也有几分力量，便站起身子，笑道：

"自不量力的小狗，真不要命了。"

说罢，便施展本领，与保官拳来脚去地打了一回，见他打的是一路八仙拳，于是自己便打出一路太极拳来。保官哪里是他对手，被他飞起一腿，早已跌倒在地。成虎上前正欲结果，王氏便从房内没命似的奔出来，紧紧攀住成虎的手，哭求道：

"好汉爷！你发个慈悲，就饶了咱的孩子吧！"

原来保官和成虎交手，王氏躲在门后是早已瞧见的，心里想着，假使保官胜了，自己当然不用出去。保官输了，咱再出去讨饶也不迟。且说成虎见王氏攀住自己的手，心里喜欢万分，猛可抱住她的娇躯，先在她颊上吻了一个香，笑道：

"只要大娘一向话，如何敢不听从？"

王氏为了要救儿子的性命，一时也只好受些委屈，遂喊"保官快走开去"。保官一跤跌得不轻，心里虽恨，也只好爬起走到院子门口去。那时成虎乐得心花怒放，拉着王氏便要向房内走。王氏又急又羞，面颊绯红，娇叱道：

"青天白日之下，汝何敢这样无礼？咱乃有夫之妇，岂肯从汝兽行？"

成虎大怒道：

"老子所以饶汝儿子性命，皆为了爱汝之故也。汝若不从，吾立刻杀之。"

王氏怒目切齿，以手抓成虎之脸，骂道：

"杀便杀耳，又何足惧哉！待吾叔叔回家，汝之性命亦休想活矣！"

成虎不答，扯王氏衣裤，搂到椅上欲强行非礼。王氏抵死不从。正在危急之间，院子外忽来一女子，见了保官对天垂泪，因急问这儿可是周美臣家里。保官见此女子身背宝剑，心中大喜，遂忙答道：

"周美臣乃咱之叔父也，姑娘来得好极，有一贼子，正欲欺侮吾母，请速救之。"

诸位自然晓得那女子是潘莲贞。当时莲贞听了这话，也不问情由，立刻飞步进内，只见一个大汉搂抱着一个少妇，在椅上欲实行非礼。一时怒火高燃，大喝道：

"好个无耻王八，胆敢强奸良家妇女。今日撞在姑娘手中，汝之死期到矣！"说罢，拔出宝剑，向前面就劈。

成虎急忙弃了王氏，跃身跳起，拔出朴刀，格住来剑。两相一碰，乒乓有声，成虎顿觉虎口大震，心里暗吃一惊，急忙向莲贞仔细一望，不禁环眼圆睁，大怒道：

"原来是你这个妮子，今日相逢，定与杨梦豹报仇。"

莲贞听他这样说，也急向他仔细瞧去，猛可想着，原来这大汉乃是清龙寨中的二头目，遂冷笑一声，说道：

"汝等不法强徒，姑娘恨不得把你们一个个杀死，以免人民之痛苦耳！"

说着，两人各展本领，大战不止。这时王氏拉着保官，躲在一旁。瞧着两人刀来剑去厮杀的情形，吓得浑身发抖，上下排牙齿，格格作响。保官道：

"母亲别怕，孩儿去助这位姑娘一臂之力吧！"

说着，便悄悄地走到搁几旁，把那盆花盆捧来，对准了成虎的后脑飞掷过去。说时迟，那时快，不偏不倚，花盆正中成虎的后脑。成虎一阵头晕，便向前扑倒。莲贞抢上一步，手起剑落，只见血水飞溅，成虎两脚一伸，早已一命呜呼了。王氏又喜欢又害怕，急向莲贞跪倒，叩谢救命之恩。莲贞慌忙扶起，说道：

"大嫂不必多礼，汝叔叔可是周美臣否？"

王氏忙道：

"周美臣正是吾之叔叔，姑娘贵姓大名？想是叔叔的好友吗？"

莲贞点头道：

"咱叫潘莲贞，特来找你叔叔，有要事面谈，请问你叔叔可在家吗？"

王氏听了，一面让座，一面倒茶，一面说道：

"叔叔刚才到前村去玩，想一会儿就回来的，潘小姐请坐会儿吧！"

莲贞一面道谢，一面又问这个大汉如何进来行凶。保官在旁，便絮絮地告诉一遍。莲贞见他神情活泼，且有胆量，心甚爱之，拉了他手，若有无限亲热之意，啧啧称羡不止。

王氏笑道：

"潘小姐如此见爱，咱就送与你做儿子吧！"

莲贞听了这话，猛可触动心事，暗想：咱今生决不嫁人，立志入山修行，身旁若有此儿做伴，亦可解吾之寂寞耳，遂大喜道：

"大嫂此话可当真吗？"

王氏道：

"岂有不真的道理，官儿快快叩见娘吧！"

保官闻言，便倒身下拜，口喊：

"干娘在上，孩儿保官拜见。"

莲贞从来也没有人称呼过娘，心里这一喜欢，不禁滴下泪来，遂忙把保官抱在怀里，口喊吾儿不止。正在这时，美臣亦已回来，口中还嚷着道：

"天不作美，偶然出游，不料竟一阵大雨。"

当他一脚跨进草堂，骤见地下躺一尸体，又见一女子抱着保官，一时好生惊讶。保官先叫道：

"吾叔父回家矣！"

莲贞听了，放下保官，站起和美臣打个照面，不觉盈盈一笑，说道：

"周爷尚认识姑娘否？"

美臣仔细一瞧，顿时抢步上来，和莲贞手握住，笑道：

"如何不认识？莲小姐久违了，一向何处？今日玉趾亲临，有失远迎，罪甚罪甚！"

莲贞笑道：

"周爷不必过甚客气，如今咱们是成为至戚矣！"

美臣不解道：

"此话何讲？"

王氏笑道：

"叔叔，这事说来话长，若非潘小姐来相救，吾与保官性命完矣！"

说罢，便把成虎躲雨强行非礼，幸潘小姐相救之事告诉。并道：

"潘小姐因爱保官，故吾已叫保官拜她为娘了。"

美臣这才恍然大悟，忙亦向莲贞叩谢。莲贞道：

"咱今日到来，是实践一年前的话，周爷，咱已将白玉杯取回，故而特地送与你的。"

说着，在怀内取出九龙白玉杯，双手捧与美臣。美臣接在手里，一时感到心头激动，两眼凝望她的粉颊，说道：

"姑娘赤胆忠心，如此帮助于咱，叫咱如何相谢？"

莲贞叹了一口气道：

"周爷勿说相谢两字，昔日若非周爷留情，吾骨肉早腐烂多时矣！既蒙不杀之恩，又蒙忠告之情，姑娘无以为报，私心颇感不安，今日将白玉杯献上，亦聊表寸心耳！"

美臣听了，一时亦甚感触，唯有叹息而已。这时王氏进厨下去设酒杀鸡做食，殷殷款待莲贞。这儿美臣把成虎尸体灭迹，请莲贞入席，在酒席间谈及莲贞今后之志愿。莲贞道：

"吾把白玉杯交付与你，使命完成，今后上武当山，随师父智了师太修行耳！"

美臣知她心如死灰，想起往事，不免代她暗暗伤神。莲贞这时又向王氏道：

"咱有一事商量，未知大嫂可能答应？"

王氏急问何事，莲贞道：

"咱意欲把保儿带了上山去学艺，学成让他回家，不知尊意如何？"

王氏笑道：

"潘小姐如此见爱，那保官之造化也，焉有不允之理。"

保官听自己可以上山学艺，心中也喜欢万分。饭毕，莲贞便欲告辞，王氏、美臣苦留不住，只好送到门外，洒泪而别。过了几天，美臣因白玉杯已在手里，齐巧德臣回家，于是他便抽空到如玉家里去。不料花老太告诉说如玉、银瓶、爱卿、志飞等已于昨日到清龙寨去了。未知爱卿、志飞如何来广东？且待下回再行分解。

第七回

鱼水欢洞房花烛
禽兽行丑态现形

话说如玉、莲容洞房之夜，一个轻怜蜜爱，一个又惊又喜，正是如鱼得水，如水得鱼，彼此满心欢喜，甜蜜无比。如玉见融融烛火之光芒下，映着莲容的粉颊，仿佛出水芙蓉，又似笼烟芍药，翠眉颦蹙，杏眼微闭，羞涩之状，十足显现处女之可爱。一时乐极欲狂，低头吻她的樱唇，轻声道：

"前日妹妹脚踏吾身，仗剑问吾要死要活，那天若被妹妹一剑结果，今日妹妹何能尝此甜蜜之滋味耶？"

莲容听他说出这样乐而忘形的话儿，便微睁星眸，瞅他一眼，嫣然笑道：

"哥哥说这一种话，岂不怕难为情吗？"

如玉道：

"夫妻在闺房之中，哪来难为情三字吗？"

莲容把雪白的牙齿，微咬着薄薄的嘴唇皮子，却是含笑不答。如玉瞧她意态，真是美到极点，因此兴情更浓。两人如胶似漆，恩爱之状，难以笔述矣！

如玉忽然想着莲贞，便问她道：

"贞小姐与你可是亲姐妹？"

莲容道：

"乃异母之姐妹，吾恨母亲不良，卖姐与人为丫头，使吾姐灰心若此，殊令吾心酸也。"

言讫，不禁为之泪涟。如玉见她挂了眼泪，更加妩媚可爱，遂拥而吻之，安慰道：

"你别难受，汝姐我知彼乃自甘堕落耳！今日后悔，但已莫及矣！"

莲容惊讶不胜，明眸凝视而问道：

"吾哥何以知吾姐乃自甘堕落耶？"

如玉遂把昔日之事告诉，莲容羞涩十分，含泪叹道：

"此非吾姐之罪，乃环境之恶也。今闻吾姐说话，大有削发为尼、结庵山中之意，吾母对彼无情，而彼对吾丝毫无怨，反成全吾之婚姻，思想起来，岂不叫我伤心泪落耶？"

如玉以舌吮莲容颊上之泪，笑道：

"妹痴甚，汝姐能忏悔昔日之过，永为佛门子弟，终日与青山绿水为伴，亦人生乐事也。今晚乃吾俩吉日，妹妹何以泪不干耶？"

莲容方才破涕为笑，做忸怩之态，憨然笑道：

"此事乃哥自己提及，如何反怪妹妹？"

如玉笑道：

"如此说来，其错在吾，不在妹耳！"

说罢，两人相顾而笑。一回兴尽，于是酣然入梦矣！

次日醒来，莲容见自己娇躯犹躺在如玉怀里，一时赧赧然报之以微笑，说道：

"哥哥请多睡一会儿，吾先起身了。"

如玉抱着不放，笑道：

"且慢，咱的嘴儿淡得很，请妹妹给咱一些甜的吧！"

莲容眸珠一转，已知其意，遂把小嘴凑到他的口边，让他吮吻良久，笑道：

"哥哥如今嘴儿可甜了吗？"

如玉频频点头笑道：

"可儿可儿！妹妹真吾之爱妻也。"

莲容嫣然一笑，披衣起床，小娥端上脸水，莲容对镜梳妆。正在这时，忽然一阵笑声，嚷进来道：

"哥哥，咱特地赶来吵房的！你可曾预备好了喜果没有啦？"

如玉听有女子口音，呼自己为哥哥，心里好生奇怪，急忙坐起床来一瞧，不禁啊哟一声，喜欢得直跳了起来。

诸位你道来的是谁？原来是如玉的妹妹花爱卿。她自嫁与何志飞为妻后，便一向住在宛平县。今日突然降临，岂不是叫如玉要快乐煞人吗？当时便高声叫道：

97

"妹妹，你……怎么会知道啊！一年多不见了，你……好吗？"

爱卿听如玉这样说，便扬着眉，乌圆眸珠在长睫毛里，滴溜圆地一转，掀起了笑窝，依然显出她从前那样孩子气的成分，笑道：

"我怎么不好啦？我又得了一个如花如玉的新嫂子哩！你想快活不快活？"

爱卿一语未了，接着后面又走进许多人来，还有人笑道：

"哥哥又得了如花如玉的新嫂子，怎么要你做妹妹的快活起来？那你不是多事吗？"

如玉急忙抬头望去，见说话的人正是志飞，一时更加快乐，早已披衣跳下床来，高喊：

"志飞哥，你们刚才到吗？这事情可凑巧极了，快请坐！快请坐！"

志飞笑道：

"事情当然凑巧啦！假使不巧的话，你怎么又会得着一个新嫂嫂呢？"

众人闻说，都大笑起来。这时莲容早已起立相迎，见他们取笑，便红了两颊，垂首不语。如玉见银瓶、玉蓝、凤姑都拥在志飞后面，心里愈加得意，眉飞色舞，连喊"大家请坐"。小娥端着一盘莲子茶来，喊"新奶奶捧茶"。莲容先捧一碗给志飞，小娥教她喊姑爷。莲容害羞，喊得非常轻。志飞不肯接茶，笑道：

"咱听也没有听见，哪里可以算喊过了吗？这可不行，要喊得响，喊得重，让大家都听见那才行了。"

爱卿笑道：

"这话不错，咱也要听听。"

众人见姑爷、姑奶奶闹房，都来瞧着，一时满房间全是人，大家嘻嘻哈哈的十分快乐。莲容没法，只好绯红了两颊，叫声"姑爷用茶"。志飞连忙站起，接在手里，装出滑稽的态度，逼尖了喉咙，笑道：

"多谢多谢，咱春天里喝了你这碗茶，冬天里就要吃你的红蛋呢！"

众人听了，又都大笑。莲容见他有趣，心里得意非凡，也忍不住为之嫣然失笑，一面又端茶给爱卿。爱卿接着，便道：

"春天喝茶，冬天吃红蛋，哪有这样快？志飞你说错了，当心打嘴。"

志飞笑道：

"咱给他们算好了的，怎么会弄错呢？今天也不过三月十五，昨夜他们给了花烛子，如玉早已告诉过我了。"

大家听了又忍俊不置。爱卿道：

"照你说，也不过九个月半哩！"

志飞哈哈笑道：

"那你没有生育过，当然不知道，一个孩子哪里有十足怀十个月胎吗，大多数九个月半的。再说未到立春，不能算春天，那咱难道会说错吗?"

爱卿红了两颊,笑道:

"你倒是生过不少孩子了。"

志飞道:

"咱虽没有养过孩子,可是经验就不错。"

说得众人捧腹大笑。这时莲容又端茶给银瓶、凤姑、玉蓝,很亲热地叫着大姐、二姐、三姐,三人回叫妹妹。这样称呼,是花老太的主意。如玉见小娥忙碌地装喜果给大家吃,遂央求道:

"谢谢你,你先给咱倒盆洗脸水吧!"

小娥点头说好,偶然望他一眼,忍不住抿嘴笑起来。如玉倒弄得莫名其妙,急问笑什么。小娥道:

"爷拿面镜子照照就知道了。"

志飞在旁听见,便站起拉住了他,笑道:

"不用照镜子,给咱瞧瞧就晓得了。"

说着,便望着如玉的脸打量。原来如玉的嘴角旁有一个血红的嘴印,明明是和新嫂嫂亲嘴的铁证,一时便哈哈大笑。指着给大家瞧道:

"你们看如哥哥的嘴旁,还留着一个记号,这记号是新嫂嫂送给他的,真甜蜜哩!"

莲容把秋波暗暗地偷窥了一下,顿时羞得连耳根也红了,垂了粉颊,不敢抬起头来。家人见如玉嘴角果有口脂印子,一时哄然笑起来。如玉急忙把手去揩擦,连说:

"没有没有，你们别造谣吧！"

志飞笑道：

"不用赖了，咱把你们昨夜的得意，念几句诗来给你们听吧！锦被小擎松郎体，晓来偷视帕儿红；犹是含羞不敢诋，与郎酣梦压眉齐；樱桃小口脂痕渍，新剥鸡头触手迷。你们听见没有，单这几句诗，把他昨夜的快乐，就形容得淋漓尽致了。"

大家见志飞念出这样香艳的诗句来，爱卿、凤姑、玉蓝、银瓶也都掩口而笑，莲容更羞得无地自容，如玉也通红了脸颊，笑道：

"志飞哥怎么知道这样详细？咱晓得你和爱妹新婚初夜，一定是这个样子吧！"

爱卿听了，啐他一口，引得大家又都咯咯大笑。这时小娥端上脸水，给如玉洗过脸，于是大家到上房里请安去了。

爱卿这次到广东来，一方面是记挂妈妈，一方面来问问白玉杯的下落究竟在哪里。不料到家之日，正是如玉和莲容新婚的第二天，当初不知底细，哥哥为什么又要和姑娘结婚了，后来由银瓶告诉，方才晓得。因为瞧三位嫂子的意态，并没有不快活的样子，所以她便很高兴地来吵房了。这时最快乐的要算花老太了，她笑得瘪嘴没有合拢过，望望四个如花如玉的儿媳，又望望娇小玲珑的爱女，心里的欢喜，真是非作者一支秃笔所能形容其万一的了。

光阴匆匆，转眼之间，不觉已过旬日。在这十天之中，大家觉得莲容不但美艳，而且性情更是温和。因此上至花老太，下到丫鬟仆妇，没有一个人不爱她，尤其和爱卿更为相得。这天午后，大家在花老太房内闲谈，爱卿瞧着玉蓝、凤姑隆起的肚子，便笑道：

"两位嫂嫂分娩的日子，恐怕是在这个月里的吧！"

凤姑道：

"都在八月节里。"

爱卿道：

"不知哪个先出世来？"

凤姑道：

"也许玉妹上半个月分娩，咱终要到下半个月了。"

凤姑说得无心，不料志飞听了，便扑哧一声笑起来。经志飞一笑，众人也都笑了。凤姑起初还不理会，及至仔细一想，那两颊不免也盖上了一层红晕。秋波向志飞白了一眼，笑道：

"姑爷如今愈来愈坏了，是哪个夜夜在教你啊！"

爱卿听她这样说，两颊也红了，啐她一口，笑道：

"表姐嫂子，你这算什么意思？无缘无故地要拉扯到咱的身上来，那就无怪人家要取笑你了。"

家人听她喊得新鲜，忍不住都又大笑起来。谈谈笑笑，无意之中又说起了那只九龙白玉杯。如玉道：

"据美臣所说，是一定藏在清风寨中，咱前时去探听，见马天王的女儿马梨影房中，曾和一少年头目在说话：寨主得了九龙白玉杯，将来便有帝皇之象，你做了公主，咱就是驸马爷哩！所以咱想，那只九龙白玉杯定在马梨影的手里。"

志飞笑道：

"好个不要脸的狗强盗，真仿佛在说梦话呢！如玉哥，咱的意思，明天就再去盗取一回，你以为如何？"

如玉道：

"当然很好，明天咱们两人一同去吧！"

爱卿、莲容、银瓶都说要一同前去，大家主意打定，到了次日，五人便向广西桂林县去了。

五人动身后的第二天，齐巧美臣带了白玉杯来找如玉，一听如玉等往清龙寨去了，一时心中很是焦急，因问道：

"他们几个人去的？去了多少日子了？"

花老太道：

"还只是昨天动身，去的一共有五个人。周贤侄，你知道吗？你爱卿姐姐和志飞也都从宛平来了，还有一个是银瓶，一个是你新嫂子梅莲容。"

美臣奇怪道：

"梅莲容是谁呀？"

花老太笑道：

"你为什么不早半个月到这儿来？否则又可以闹新房哩！"

说罢，于是把过去之事细说一遍。美臣这才知道，想了一回，说道：

"那么玉蓝姐和凤姑姐呢？"

花老太很得意地笑道：

"本来她们会不跟了一同去吗？因为两人都有五个月的身孕，所以咱叫她们好好在自己卧房里休养，连咱这里请安也教她们免了。周贤侄，你等着，下半年请你吃红蛋。"

美臣见她这样得意忘形，可见老年人的抱孙心切了。于是也含笑凑趣了几句，便急急告别。花老太忙叫住道：

"你此刻到哪儿去？若没有什么要紧事，不妨在此玩几天，反正如玉他们就回来的。"

美臣拱手道：

"他们是昨天动身的，或许咱还可以追踪得上，咱此刻也到清龙寨去了。"

花老太点头笑道：

"这样也好，你们回头一块儿来吧！"

美臣笑了一笑，便匆匆辞别走出。运足轻功，健步如飞，一直向桂林县清龙寨而去。

到了长蛇岭山脚下，天已昏黑。美臣换了一袭夜行衣，把宝剑插在背上，悄悄地纵上树林，从树蓬中仿佛黄莺穿梭似的飞上山寨。到了练武场上，忽见西面走来一队巡逻，美臣手急忙蹿上一棵大树，待他们走远，便向西而行。心中暗想：如玉等难道还没有到吗？或是已被他们捉住了？为什么寨中悄悄一无声息呢？正猜疑间，已步入一个院子，见里面一排三间平屋，当中一间窗内有灯光射出。美臣于是飞身上屋，施个燕儿入巢之势，两脚倒挂屋檐，偷眼望将进去。见室内布置富丽堂皇，家具考究，宛然姑娘的妆阁模样。但里面并无一人，美臣心中好不奇怪，强盗巢中竟也有此艳窟，莫非是寨主女人的卧房吗？美臣正在呆想，忽然有颗弹丸向自己背上射来，美臣既没有背后生眼，当然没有理会，因此射了一个正着。只听了当的一声，那颗弹丸却掉了下去。诸位！你道这是什么缘故？原来这颗弹丸是百发百中，但美臣的运儿高，弹丸齐巧射中背上的剑鞘上，因此一些也没有受伤。美臣经此一弹，心中猛吃一惊，立刻翻身跳上屋来，拔出宝剑，在月光清辉下，只见那边一棵高大的银杏树下站着一个少女。她见美臣并没受伤，芳心也是一惊，便娇声喝道：

"好大胆的小子，敢在姑娘房中去窥头探脑，真自取其死耳。"

说罢，一个箭步，早到眼前，把手中宝剑向美臣直劈。美臣举剑一格，只听叮当不绝。那少女觉虎口人震，芳心暗想：这小子倒有如此本领，不免起了爱怜之心。原来这个少女不是别人，就是马梨影小姐。梨影自从把杨梦豹杀后，心里便觉十分苦闷，虽然寨中大小头目无不想讨好梨影，但梨影瞧了他们黑太岁那样的尊容，实在有些怕敢尝试，因此每夜闷闷不乐。这天夜里，她吃过晚餐，在卧房中坐了一回，手托香腮，想起和梦豹欢乐的甜蜜，心中如焚，尤其在热情的春的季节，更加忍耐不住，于是便走出卧房，到院子里来透一些空气。她慢慢地在草地上踱着，只见月圆如镜，对此皓月，不免有所感触。想自己别师下山，也已有两年多了。在这两年中，就和梦豹打得火热，如今梦豹已不知去向，既已失身于彼，理应从一而终，跟他到底，假使自己没有异心，他亦必不变心，真懊悔把他杀死了。想到这里，情不自禁地叹了一口气。不料就在叹气之后，她的明眸发觉屋檐上有人伏着偷窥，于是在袋内取出两颗银弹丸对准美臣射了过去。不料美臣跳下屋来，和她大战起来。

且说两人剑来剑去，厮杀了一回，却是不分胜负。梨影借着一线月光，只见美臣的脸，俊美非凡，较之梦豹，胜过十倍。一时忍不住又暗暗思想：这样风流倜傥的少年，姑娘若嫁与为妻，那死亦甘心的了。秋波脉脉含情地凝望美臣，真是愈瞧愈爱，不免对他嫣然一笑。谁知就在这一笑之中，美臣逼紧剑法，把梨影剑松了出去，乘机飞起一腿。梨影啊哟一声，早已跌倒地去。美臣心中大喜，抢步上前，举剑就劈，梨影情急，在袋内取出一方帕儿，向美臣一摇。说也奇怪，美臣竟觉两脚无力，鼻中只闻一阵细香，扑身而倒，人事不省矣！

待美臣一觉醒来，自己被绑于一间室中，这卧房就是刚才自己偷瞧的那间。回眸四瞧，见壁上全挂裸体美女的画片，整个房内，浓香四溢，只感到无限的神秘。心中暗想：这妮子的那条帕儿竟如此厉害，想来就是什么迷魂帕吧。正在这时，梨影卸了武装进房，秋波向他也斜了一眼，却自管坐到窗旁的桌边去，喊了一声阿香，就见一个丫环姗姗进来，端上一壶参汤。梨影道：

"没有事，你自管去睡吧！"

阿香答应一声，便移步走出。当她挨身向美臣面前走过，便向他抿嘴一笑。美臣给她这一笑，真感到十分的难为情。回头去望梨影，她却逍遥自在地喝着参汤，一时再也忍不住问道：

"喂！你这姑娘算什么意思呀？"

梨影绷住脸儿，瞟他一眼，冷笑道：

"问你自己呀？你算什么意思呀？"

这一问倒把美臣问得目瞪口呆，梨影见他这个木然的神情，倒又忍不住嫣然娇笑了。美臣道：

"咱又有什么意思呢？"

梨影站起身子，走到美臣面前，哼了一声，说道：

"你真好大胆子，竟单身来行刺姑娘，那你真不怕死。"

美臣忙道：

"姑娘与咱无冤无仇，咱凭什么要来行刺你？"

梨影啐他一口，指儿向他额上一戳，嗔道：

"既然无冤无仇，你为什么伤天害理地举剑就劈？姑娘问你，你到这儿来干什么？"

美臣道：

"话只管说，请姑娘不要动手动脚好吗？"

梨影听他这样说，喝声"放屁"，说道：

"你姓命也在咱手里呢？还由你的主意吗？"

美臣也笑道：

107

"那么咱也和你无冤无仇，干吗要害咱性命？"

梨影道：

"你既怕死，你得告诉来此做什么？可不是存心来调戏姑娘吗？"

美臣听她说出这话，知道她是个淫贱女子，便也有心和她开玩笑，便说道：

"不，不，你别冤枉好人，这是罪过的。"

梨影见他这样老实，便抿嘴笑道：

"咱问你，你姓甚名谁？今年几岁？可曾娶妻？"

美臣知道有些意思了，遂摇头说道：

"咱姓周名美臣，今年十七岁，妻子倒没有娶哩！"

梨影听他较自己还小三年，心里愈加爱他，便扬着眉笑道：

"原来还只有十七岁，那只好做咱的弟弟。咱告诉你，咱叫马梨影，是寨主的女儿，今年二十岁了，很愿意认你做个弟弟，不知你愿意吗？"

美臣道：

"认了是否有什么利益？假使有的话，咱当然情愿。"

梨影挨近他身边，用手在他肩上一拍，笑盈盈地逗给了他一个媚眼，说道：

"你若情愿的，利益就多了。弟弟，你瞧姐姐这副脸蛋儿配不配你呀？"

美臣笑道：

"配是配的，可惜咱没有这个福气。"

梨影听了，瞅他一跟，忽然凑过小嘴，在他颊上吻个香，咯咯笑道：

"弟弟，你不用谦虚，咱老实告诉你，姐姐见了你，心里就很爱你，你假使答应姐姐做个永久的伴侣，姐姐就立刻放了你。咱们今夜先结个婚好吗？"

美臣被她这么一来，同时又听她这样无耻的话，一时十分恼怒，觉得她这淫贱的举动，至少含有些侮辱男性的意味，不觉虎眼圆睁，大骂道：

"无耻婢子，何淫贱若此耶？"

梨影见他开口骂人，芳心也大怒起来，娇叱道：

"汝已成为笼中之鸟，犹敢放肆吗？你的性命完全操于姑娘之掌中，姑娘念汝年幼，好意抬爱你，你难道不怕死的吗？"

美臣冷笑道：

"忍辱而生，何不光荣而死。婢子听着，要小爷来看中你，今生休想。今日既然被擒，唯死而已。"

梨影听他如此轻视自己，一时恨极，伸手向他胸口一拳打去。不料却打在一块坚硬的东西上，倒把手儿累疼了，心中奇怪，暗想：这小子是藏的什么东西？遂把他扯开衣襟，取出一瞧，顿时咦咦起来。美臣见身上宝物被她取去，一时急出一身大汗。未知此宝物究系什么东西？且待下回再详。

109

第八回

清龙寨天王归位
武当山莲贞出家

原来梨影在美臣身上取出的宝物，就是莲贞交给他的那只九龙白玉杯，当时心中大奇而特奇起来，暗想：和自己藏着的一色无二，难道是天生成的一对吗？想起一对两字，芳心里的怨恨又消散了，顿时回嗔作喜，秋波脉脉含情地瞟他一眼，拍着他肩儿，很温和地劝道：

"姑娘的周爷，咱实在是天生的一对小夫妻呀！你身上有了这个宝物，姑娘这里也有这宝物呢！咱劝你还是答应了，那么既可活命，又可享受女人家甜蜜的滋味，何乐而不为呢？周爷，你难道是柳下惠转世不成？竟一些不懂情字的吗？"

美臣听她说出这一篇话，心里正是又好气又好笑。望她妖艳的姿态，不免也有些情动了，笑道：

"你果真爱咱吗？"

梨影见他如此问，知道已有些意思了，遂猛可伸手把美臣的脖子抱住，小嘴在美臣的唇上喷喷狂吻，口里亲亲热热地喊着：

"周爷，姑娘是真心爱你呀！"

美臣究竟是个情窦初开的童子，怎禁得住她发狂似的热情灌溉，一颗心灵，怦怦乱跳。唇上被她小嘴吮着，只觉细香扑鼻，全身顿时起了异样的感觉。一时神魂颠倒，摇摇不能自主。但忽然理智告诉他道：

"发乎情，止乎礼，切不可胡为！"

这仿佛是一剂清凉散，把美臣又清醒过来，大声喝道：

"你这算什么样儿？难道一个姑娘家不怕羞涩的吗？"

梨影略为离开身子，望着他娇媚地笑道：

"在闺房之中，与自己夫婿亲热，那又有什么要紧呢！"

美臣呸了一声，怒道：

"浑蛋东西，真不知耻也，丢尽了女孩儿的颜面，皆汝婢子之罪也。"

梨影见他出乎尔，反乎尔，一时真是又恨又爱，只好忍了一肚皮的气，向他又微微一笑，说道：

"姑娘瞧你脸蛋儿，觉得你一定很懂爱情，谁知你是金玉其外，败絮其中，真所谓绣花枕儿烂草包呢！"

美臣冷笑一声，说道：

"小爷只知爱之圣，而不知欲之魔。姑娘之行为，非爱神，乃欲魔也。"

梨影红晕满颊，娇叱道：

"何谓爱神？何谓欲魔？名义虽分为二，按诸实际，其目的又何尝不是一个吗？姑娘生性爽直，不喜面戴虚伪，今知与爷有姻缘之分，故而特别迁就，爷何以拗执如此耶？"

美臣含笑道：

"汝何以知吾与你有姻缘之分？"

梨影道：

"此乃天意也，爷不信，吾即取之与汝看……"

说到这里，便蹲身到床底下取出八宝箱。打开来取九龙白玉杯时，谁知其余珍宝，丝毫没动，独独那只白玉杯早已不翼而飞。梨影这一吃惊，真非同小可，啊哟了一声，立刻回身向美臣喝问道：

"好大胆的小子，竟敢偷盗姑娘宝物，姑娘倒可以饶你，与吾父知道，怎肯罢休？"

美臣面不改色，冷冷笑道：

"这真是笑话极了，姑娘藏在闺房的宝物，且山寨严密，咱如何来盗取的呢？你冒认了咱的宝物，又来诬我，如此丧心病狂，岂不被天打的吗？"

梨影柳眉颦蹙，忙问道：

"你且说来，这白玉杯你在哪里得的？"

美臣暗想：咱倘使从实说出，岂不害了莲贞？遂圆了一个谎道：

"咱从强徒手中夺来的。"

梨影道：

"是怎样一个强徒？"

美臣沉吟了一回，说道：

"黑太岁似的一个汉子，年纪四十左右，豹头环眼，一脸横肉，满腮胡须，生得三分像人，倒有七分像鬼哩！"

美臣说的原是一篇胡诌成的谎话，不料听进梨影的耳里，芳心倒是一动。暗想：他说的倒有些像二头目魏成虎，这次爸爸差成虎到山东去祝寿，莫非他心存不良把那只白玉杯盗取去了吗？但是咱的房中，他如何敢进来呢？不过除了成虎还有哪个呢？这家伙的胆子可不小，真是可杀极了，爸爸还一味地把他当作心腹看待呢！一回又想：美臣他既抢夺了白玉杯，这次他到山寨来又做什么呢？遂冷笑了一声，又问美臣道：

"你这话可当真？"

美臣道：

"小爷从不说谎，岂有不真之理？"

梨影道：

"那么你深夜到此，意欲何为？"

梨影这一句话，倒是把美臣问住了，一时哑口无言。但聪明之人，转机是非常的灵敏，心中暗想：事到如今，咱也管不得卑鄙，何不将计就计，借此脱身，岂非妙哉。想定主意，便脸含笑容，说道：

"说来你亦不信，咱因知道此宝物乃是姑娘之物，所以特地

113

前来送还。不料姑娘心眼如虎，还未见面，先打咱一弹，幸而没有受伤，不然咱的性命岂非完矣！"

梨影听了这话，将信将疑，凝眸含矇，暗想：美臣他果有此意吗？因为咱射他一弹，所以他记恨在心吗？想到这里，反而深怪自己鲁莽，不该先下毒手。因满脸堆笑，娇媚地说道：

"既然如此，原是姑娘误会了，周爷幸勿见怪，但是你该先说明白了，岂非省却许多麻烦吗？周爷，你别生气了，姑娘与你敬酒赔罪是了。"

梨影说时，正欲走上前去松绑，不料突然之间，忽听寨外一阵警锣大鸣，顿时人声鼎沸，不绝于耳。梨影大吃一惊，急欲找人问话，只听一声响亮，窗外飞进一个少女，娇声喝道：

"无耻婢子，山寨已破，寨主已死矣！汝尚敢逍遥作乐乎？"

随着话声，剑光早到。梨影一听父亲被杀，心胆俱碎，一时也顾不得这许多，便携着白玉杯，避过剑光，跳出窗外而逃。抬头见天空，火光触天，杀声震地，不觉恨恨地道：

"父亲英魂不远，孩儿定与你报仇。"

说罢，也不到聚义厅去，转入小路，逃下山去。

话说美臣一听警锣大敲，就知道如玉等来矣！心里暗自欢喜，只见窗外飞进一少女，但是并不认识。正在奇怪，那少女却望了美臣一眼，也不说话，便回身追出。美臣急道：

"姑娘，穷寇莫追，快先来救了咱呀！"

那少女被美臣这么一喊，方才停住了脚步，回眸瞟了他一眼，说道：

"你姓什么叫什么？干吗被她绑在这儿？"

美臣道：

"咱乃周美臣是也。请问姑娘尊姓大名？"

少女道：

"咱是梅莲容是也。"

美臣大喜，笑着叫道：

"原来你乃是如玉嫂子，请速救咱，如玉乃吾之兄长也。"

莲容一听，这才把他绳索解开，急问如何被绑在此。美臣道：

"咱先到如玉家里，花老太告我说你们已往清龙寨去了，故而追踪来此。"

莲容道：

"他们都在校场上厮杀，咱们杀出去吧！"

美臣在壁上取下一剑，两人飞身跳去窗外，向聚义厅上直奔过去了。

如玉等五人既然比美臣先一日动身，何以反而较美臣后到清龙寨呢？这其中当然有个缘故，原来如玉等到了桂林县，路经项大成家门口，银瓶遂请众人进内宽坐。大成夫妇当然满心欢喜，殷殷招待，设酒杀鸡，替众人接风。如玉、志飞不知哪里来的兴趣，猜拳行令，因此喝得酩酊大醉。银瓶、爱卿瞧此情景，只好住了一宵，直到次日黄昏时分，大家略为吃些点心，各穿夜行衣，奔长蛇岭而去。到了长蛇岭，时已三更，于是五人分路而行。

且说如玉向正门的道路直奔，待奔到第三道的寨门，早被巡逻发觉。大家便一哄上前，拦住去路，大喝道：

"何方小子，敢到泰山头上动土，真自取其死耳！"

如玉并不答话，举剑直劈。二十余个巡逻自不量力，便以刀相迎。如玉飞起一腿，踢倒数个，抢步上前，先杀了一个。众喽啰见不是对手，便向后飞逃。这时第一道山寨门口的瞭望者早已发觉，立刻大吹号角。如玉一个箭步，越过第三道寨门，举剑把吹号角的喽兵一剑劈死，于是直奔聚义厅而来。

这时马天王早已得报，急急鸣警，率众迎出。如玉见火把通明，为首一个贼子，年已六七十岁，生得面如冠玉，银髯飘飘。暗想：此贼必是马天王无疑。遂大喝道：

"汝等盗取白玉杯，该当何罪？今若把白玉杯献出，万事全休。不然，定然杀得鸡犬不留。汝不知官府已派大兵，把山寨四面包围矣！"

马天王见来者只有一人，竟口出大言，勃然大怒，回顾左右道：

"谁人把这小子擒之？"

话声未完，早有大头目王文龙、四头目程金彪，各执武器，奋勇而出，直取如玉。如玉哪里放在心上，把宝剑舞动得雪花点点，白浪滚滚，竟是无懈可击。马天王瞧此情景，怒不可遏，

116

大骂：

"匹夫！休得猖獗，老夫若不杀汝，誓不为人。"

说罢，便舞动盘龙大刀向如玉猛挥。如玉举剑相格，乒乓一声，震得虎口麻木，一时大惊失色。暗想：此贼人虽老，而力不老，吾不能轻敌。于是便小心迎战，宝剑不给他大刀相碰。只见天王的精神愈战愈好，步步逼紧。正在危急之间，忽听有人大喊道：

"哥哥休得胆怯，妹子爱卿到矣！"

话声未完，早见爱卿舞动龙尾剑，杀奔进来。不但喽啰们人头滚滚落地，即喽啰们戒刀也纷纷斩断。如玉心中大喜，叫声"妹妹来得好"，于是兄妹两人力敌众盗。王文龙不知爱卿之剑厉害，遂把手中银枪直刺，不料爱卿剑光相碰，枪头早落。王文龙心中一惊，猝不及防，如玉一剑已到，竟把王文龙连头带肩地直劈下来。就在这时，探子报警，说后寨火光触天，想是奸细放火。马大王得此消息，回头一瞧，只见黑漆天空，已成血红，一时怒气冲天，大喊"老夫与汝等拼命"，便舞动大刀，直刺两人。爱卿举剑格住，叮当不绝，只见火星直冒，却没有把它砍折，同时自己纤手被他震得疼痛非凡，急忙向后就退。天王刀光一到，如玉手中宝剑，竟被击出丈外。就在危险之间，只见银瓶、志飞，向天王背后夹攻过来。天王前后受敌，弃了如玉，向西而退。程金彪欺侮如玉手中无剑，把他九节钢鞭，向如玉头顶直击。如玉瞧得清楚，冷笑一声，便飞起一腿，齐巧踢中金彪手腕。金彪负痛，啊哟一声，钢鞭落地。爱卿抢上一步，手起剑落，血花飞溅，金彪早已呜呼。如玉抢过一柄戒刀，与爱卿追赶马天王。天王急急奔逃，齐巧莲容和美臣从里面奔出。天王见了莲容，还以为是自己女儿马梨影，因大叫道：

"吾儿速来救父……"

莲容提剑急奔过来，口喊：

"孩儿来矣！父亲勿惊。"

话声未完，剑头向天王喉管直刺。天王做梦也想不到女儿会来杀父，一时躲避不及，应声而倒。可怜天王纵横绿林五十年，所向无敌，今了究竟死于十六岁的女孩儿手下，可见恶贯满盈，终无结果。话说如玉、志飞、爱卿、银瓶赶到，天王早死，一见美臣，心中都好生惊讶，急问：

"周贤弟何以在此？天王女儿可有逃走，白玉杯就在她的房中呢！"

美臣听了，跌足嗔道：

"白玉杯得而复失，竟被马梨影携之逃去矣！"

如玉道：

"且先解决了山寨中之头目，再作道理。"

于是众人复又杀入。这时众小头目早已率众弃刀，跪地相迎，口喊英雄饶命。如玉于是吩咐把寨中库银取出，分经众盗，好好教训一顿，嘱他们改做良民，遣散而去。回头见全寨亦已被火光所包围，烧成一片焦土矣。此时天已大明，如玉等便走下山来，急急先到银瓶家里来息力。大成忙问事情怎样，如玉道：

"清龙寨虽被灭，但白玉杯依然无下落。"

说着，忽然想着美臣说的"得而复失"的一句话，忙又问其故。美臣道：

"这是咱到你家迟来一步了，否则又何必再到清龙寨去呢?"

说着，遂把潘莲贞盗取下山，付与自己的话告诉一遍。如玉、银瓶、莲容听了这话，都奇怪道：

"潘莲贞咱们也遇见过她，何以她绝无提及此事?"

莲容更加奇怪，急问美臣道：

"莲贞乃吾之姐姐也，叔叔何以认识，且如此密切?"

美臣忙道：

"啊哟! 原来就是你的姐姐吗? 这事说来话长……"

美臣说到这里，意欲从实告诉，仔细一想，莲贞如此恩待于咱，不能宣布她的丑史。于是只说自己救过她性命，后来在清龙寨中第一次被捉时，是莲贞救自己，并欲代为盗取白玉杯，以报自己前次相救之恩。详详细细告诉了一遍。众人听了，这才恍然大悟。莲容又问姐姐现在何处。

美臣道：

"她已上师父那儿，从此修行，不问世事矣!"

如玉听了，知莲贞果已自新，感叹不已。爱卿向美臣又道：

"那么白玉杯既已在你的手上，怎么又会给梨影盗去呢?"

美臣惭愧满面，说道：

"咱因你们不在家里，故而追踪前来，先到清龙寨去接应，不料却被梨影这妮子用迷魂帕闷倒，以致被捉搜出，若非莲容妹相救，险遭毒手呢！"

爱卿笑道：

"既被捉，为何不杀？吾知此婢子必看中你了。"

美臣红了脸，连连摇手，急辩笑道：

"师姐，你别胡说八道地取笑咱，哪有这种事？"

众人见他焦急神气，忍不住都大笑起来。美臣被他们笑得怪难为情的，只好向爱卿搭讪道：

"师姐，你们既然早一日动身，为什么较咱还到得迟呢？"

爱卿抿嘴笑道：

"这事情说起来全怪哥哥和志飞不好，因为咱们路过银瓶姐的家门，当然应当进内拜望老伯父母，不料老伯父母殷殷招待，两人就喝得酩酊大醉，所以只好耽搁了一夜。"

美臣这才明白，笑道：

"原来两位哥哥是掉落在酒瓶里了，怪不得此刻咱还闻到一阵一阵的酒气呢！"

美臣这一向话，把爱卿、银瓶、莲容三人都笑得花枝乱颤，几乎直不起腰来。大家谈笑了一回，大成吩咐仆人早又摆上酒席，给众人晚餐。这夜又宿在大成的家里，直到第二天下午，方才告别回广东的如玉家里去。

且说马梨影一路急急地逃下山寨，回头见山顶上融融的一片火光，真是烧得非常厉害。一时想起爸爸被杀，自己弄得无家可归，心中一阵悲酸，不免也淌下泪来，暗暗地切齿恨道：

"周美臣，周美臣，汝使弄圈套，害得姑娘好苦，今生若不报此仇，何以见天下英雄乎？"

说完了这两句话，把她上下排银齿咬得格格作响。心中又想：事到如今，只有请师父下山一行，同报此仇了，想师父她老人家是很疼爱咱，大概绝不见却的吧！梨影打定主意，便连夜赶到武当山去见师父了。

且说昼行夜宿，栉风沐雨，这日到了武当山，便寻道路直向山顶上直奔。不料到得半山之上，只见山从人面起，云向脚底生，奇峰突立，怪石乱堆，四面松柏对峙，森林密布，竟走来走去走不到山上了。一时芳心中好生奇怪，前时在山八年，山上山下的路径，早已烂熟，今日忽然迷路，难道咱是遇到了什么鬼怪了吗？想到这里，心头别别乱跳，不免也有些害怕起来。正在这时，忽见一个孩童，捎着锄头和花篮慢步地走来，嘴里还唱着山歌，神情颇显逍遥自在。梨影急忙抢步上前，把他衣袖拉住了，叫道：

"小哥儿，请问你，上山的道路是哪一条呀？"

那孩童回过头来向梨影望了一眼，笑道：

"无论哪一条道路都可以走到山上去，怎么，你迷了路吗？"

梨影红了面颊，点头说道：

"可不是？最好请小哥儿领咱上山去好吗？"

那孩童笑道:

"好的好的,你且随咱来吧!"

说罢,便在前慢步而行。梨影在他的身后,却感到他的步行甚速,自己虽然运足轻功,却再也跟他不上,累得香汗盈盈。转眼之间,那孩童早又不知去向矣!梨影瞧此情景,好生羞惭,只好坐在一块大石上息力,以手拭汗,娇喘不止。不料这时候那孩童又回过身来了,以手指梨影,哈哈笑道:

"累咱好找,原来你在这儿,怎么不跟咱一块儿上山去呀?"

梨影羞涩满颊,低声儿央求道:

"请小哥儿步行缓些可好?咱竟跟不上你哩!"

那孩童笑道:

"那么咱携你上山去吧!"

说着,便和梨影携手同行。只见天空白云弥漫,有三两仙鹤,飞鸣松柏之间,走兽奔蹿不停,仿佛别有洞天。梨影认得这是自己住过八年的所在,一时心中大喜。未料就在这个当儿,便听有人喝道:

"梨影今日到此何干?"

梨影急忙抬头一望,正是师父智了师太,遂慌忙跪拜在地,叩头哭道:

"徒儿请师父的安,师父啊!真是一言难尽!"

说罢,大哭不已。智了冷冷地说道:

"你且说与为师听吧!究系何事?"

122

梨影遂把周美臣约了许多男女前来破寨，把老父杀死，烧了山寨的事情告诉了一遍，并又哭道：

"今徒儿家破人亡，弄得走头无路，可怜万分。况父仇不共戴天，若漠然无动于衷，岂还可以算为人的子女吗？所以千万望师父老人家垂怜，一同下山去报此大仇，徒儿实感恩不尽矣！"

智了师太听她这样说，便说道：

"汝欲替父报仇，果然是一片孝心。但汝得洗清头脑，仔细想一想，汝父与汝之行为，是否能有颜面见天下之英雄乎？为师费了几许心血，把汝教养到现在，汝应该振足精神，努力做有益于大众的事情，那才不枉为师教养汝十年来的心血。今汝助纣为虐，不劝汝父改做良民，反而帮同作恶，此岂能久长耶？故吾最后忠告于汝，速即回头是岸。不然，悔之晚矣！"

梨影听了这话，仿佛兜头泼了一盆冷水，心中虽不以为然，表面上却不能不拜伏在地，诺诺连声。这时却听又有人叫道：

"师姐跪在这里做什么呀？"

梨影一听，急抬头望去，师父早已不知去向，前面站着的是师妹潘莲贞。一时心中好生惊讶，连忙站起，红晕满颊地说道：

"刚才咱和师父说话哩！师妹那夜不别而行，一向何处，怎么今却又在山上了啊！"

莲贞笑携梨影之手，说道：

"咱们进洞内好好地说吧！"

于是两人进内在蒲团上坐下，只见刚才那个孩童进来向莲贞请安。莲贞道：

"此乃吾之干儿子周保官是也，保官，这位是汝之姨母，速即叩见。"

保官闻说，便向梨影跪倒，口喊：

"姨母在上，甥儿拜见了。"

原来莲贞灰心若死，从此看破红尘，决意随师修行。那日带了保官，和美臣等分手，即回武当山，向智了师太忏悔前时种种之罪恶，请师父老人家饶她，从此立志出家修行。智了师太也早知莲贞是自己的传人，遂对她竭力又勉励一番。从此莲贞安心在山，每天除教授保官武艺外，她便苦心静修。这且表过不提，再说梨影见那孩童是师妹的干儿子，想起刚才上山的情形，更觉惶恐，遂忙把他扶起，连喊罢了罢了。莲贞道：

"姐姐，对于那日不别而行，这个妹子实有不得已的苦衷，还请师姐谅鉴。妹子今已看破红尘，一切等于幻梦，论功名草头着露，说富贵镜里看花，万事无不皆空。而忆过去的人生，咱觉得是完全不合理的胡闹，所以咱已决意出家，再不问世事矣！"

梨影道：

"师妹何必灰心若此，姐之遭遇，较妹惨多矣！吾誓必报仇，不料师父不肯相助，敢请师妹助一臂之力，如何？"

莲贞道：

"妹非敢不允，乃妹已向师父罚誓，决不下山矣！吾意师父既劝姐省事，何不与妹同心修炼，日与青山绿水、飞禽走兽为

124

伴，乐趣亦无穷哩！"

梨影听了，默不作声。良久，方道：

"待吾再三思之……"

说到此，又问师父今往何方。莲贞道：

"师父出游去了，她临走嘱吾劝告姐姐，千万醒悟过来。"

梨影心殊不悦，怫然道：

"人各有志，吾知之久矣！妹勿再多舌。"

莲贞语塞，望彼微笑而已。光阴匆匆，梨影住在山上不觉旬日。这天坐在洞中，暗自思忖，觉愈忖愈烦恼起来。想起父仇，固欲报之方为快心，念及昔日与梦豹欢娱之情，在山上更是住不下去了。于是她便收拾细软，打成一个包裹，也不向莲贞告诉，竟偷偷地又下山去了。

不说梨影下山，再说美臣在如玉家里住了一个月，眼瞧着如玉独拥四个娇妻，志飞、爱卿又对对成双，自己心中当然亦想起徐丽鹃来。这日大家坐在客厅闲谈，志飞、爱卿定明日回家。爱卿向美臣道：

"咱们回家，师弟何不同行，咱猜徐小姐之想念师弟，定必梦魂为劳矣！"

美臣道：

"一别两载，心中亦感不安。姐之言正合弟意也。"

众人闻说，都不觉大笑。美臣赧赧然似有羞涩之意，忍不住也得意地笑了起来。三人商量已定，到了次日，便拜别花老太等众人向宛平县而去。路上平安无事，到了宛平县，美臣与爱卿夫妇分手，志飞嘱彼来玩，美臣含笑答应，于是急急地向县衙门而去。当由皂班报将进内，就有听差阿林从内院子里迎出，接进内厅。只见徐公达夫妇匆匆从房中走出，一见美臣，便放声哭了起来。这出其不意的情景，把美臣吓得目瞪口呆，几乎变作一个木头人了。过了好一会儿，方才问道：

"岳父母大人，到底是为了什么事情呀？"

徐老太眼泪鼻涕，哭诉道：

"丽鹃是被蟒蛇吞噬去了……可怜她是为了找你去呀！"

听到这迅雷不及掩耳的消息，美臣的一颗心灵仿佛穿过了一支利箭，啊呀了一声，不觉泪流满颊矣。未知丽鹃小姐究竟如何会被蟒蛇吞去？且待下回再行分解。

第九回

得噩梦徐丽鹃别母
渡运河大蟒蛇报恩

话说丽鹃小姐自从美臣去后，心里便觉若有所失，闷闷不乐，什么事情都感不到兴趣。丫头小玉知小姐之意，时常安慰说：

"周爷乃是个多情之少年，绝不会遗忘小姐的，小姐切勿忧虑，自伤身子，又复何苦？"

丽鹃听了，说道：

"咱倒不忧虑他的变心，只是咱心里终感到有种说不出的不自然。"

小玉抿嘴笑道：

"此乃小姐多情之故，婢子心想，周爷之想念小姐，必定和小姐亦有同情也。"

丽鹃听了，含羞不答，只把秋波在小玉脸上逗了一个妩媚的娇嗔。流光如驶，那九十春光早已逝去。红了樱桃，绿了巴蕉的长夏天气，是最闷人的季节。这日午后，丽鹃倚床昼寝，小玉坐在房中照顾，手中干着活计，觉四周悄然无声，窗外虽然烈日如火，但几株梧桐，绿叶成荫，坐在房内，自然地在极度炎热的气压下会感到了一阵清凉。正在沉寂的当儿，忽然床上的丽鹃，极声地叫着啊呀道：

"臣哥，你……你……你……病得……"

含含糊糊地说到这里，竟呜呜咽咽地哭了起来。小玉倒吓着一跳，急忙奔至床前，只见丽鹃犹抽噎有声，遂忙推着她的身子，好笑着叫道：

"小姐，你醒醒，你梦魇了，你醒醒吧！"

丽鹃正在伤心之间，被小玉急急一喊，便睁眸开来一瞧，只见自己犹躺在床上，方知是南柯一梦。但细想梦境，则历历如绘，因此不免又真的淌起泪来。小玉见小姐这个情景，便笑着道：

"小姐，你痴了，你到底做了一个什么梦呀？怎么竟认真伤心了呢？"

丽鹃叹道：

"这是真的，臣哥病得非常厉害，他见了我便哭着说，咱想不到还能见到你。咱想，也许这是真的吧！唉！你叫咱怎么不要伤心呢？"

小玉心里好笑，表面上不得不正色道：

"小姐，你怎么这样糊涂呀！这是梦境中的事情，如何算为

128

准确？都是因为小姐思虑过度，所以有此噩梦。只要胸襟放开，梦魇自然亦不敢乘机侵袭了。"

小玉虽然很明白地劝着，但丽鹃一味痴心，从此茶饭不思，竟恹恹地病了起来。小玉到此，不得不进上房去告诉。徐老太得此消息，心中大吃一惊，暗想：怪不得她昨天没来请安，原来是病着哩！因一面埋怨小玉为何不早报告，一面急急到房中来探视丽鹃，亲热地抚着她的手儿，柔和地问道：

"儿啊！你到底患了什么病呀？"

丽鹃以目视小玉不语。小玉会意，便在旁插嘴道：

"老太太，小姐本没有大病，都为了前天做了梦，心里一急，急出来的呀！"

徐老太急道：

"那么到底做了个什么梦呢？"

小玉道：

"小姐梦见姑爷病生得很厉害，婢子劝说这是假的，谁知小姐终闷闷不乐哩！"

徐老太听了，也忍不住哑然失笑，说道：

"傻孩子，你快别发痴了，做梦是假的，哪里可以当真的呢！"

丽鹃两颊绯红，拉了徐老太的手，忸怩了一回，撒娇说道：

"妈，咱放心不下，想到广东中山县周家村里去探望，他没有生病，固然是好，万一真的病着，女儿也该聊尽做妻子之责

129

任，倘然不救而逝，咱们夫妻到底有了最后一面之缘。否则，女儿心中如何对得住他？"

说到这里，不觉凄然泪下。徐老太见女儿伤心，眼皮儿也红了起来，劝她道：

"你放心吧！美臣好好多么强健的身子，如何会病呢？女儿要去探望他，这样千山万水地远远相隔着，妈又怎放心得了呢！"

丽鹃垂泪道：

"并非女儿不孝，想女儿终身已经托付与他，他若有一长二短，女儿恐也不久于人世了。所以妈妈请你答应救咱，放我前去吧！得能遇到了他，平安无事，女儿必与他一同回来，叩见爸爸和妈妈。"

徐老太被她缠不过，只好说道：

"孩子既然打定主意，咱就和你爸爸去商量商量，娘虽可以答应你，但你爸是否同意呢？"

丽鹃扬着眉，到此方才展然一笑，央求道：

"好妈妈！爸就是不答应，你终也要劝他的。"

徐老太见女儿这样痴情，遂点头答应，回房请老徐进内，便把这事向公达说知。公达听了这话，凝眸沉思了一回，说道：

"既然女儿执意要去，倒不能相强，咱想叫赵得标保护同去，那么在路上就有照顾了。"

徐老太道：

"如此甚好。阿梅，你去把赵得标传将进来。"

阿梅答应一声，遂走了进去。不多一会儿，阿梅把得标喊来。公达道：

"得标，你一向做事诚实，且有几分本领，今派汝保护小姐同往广东，一路之上，需要小心照顾，他日回来，必有重赏。"

得标听了，连连道是。徐老太说道：

"得标，你千为要小心才是。"

得标把胸一拍，点头说道：

"老太大只管放心，小的受老爷恩惠非鲜，正苦无以为报，今派小的伴同小姐到广东，敢不尽力？若有错失，小的亦无颜再见老爷、太太的面了。"

公达夫妇听他这样说，心中大喜。徐老太于是匆匆到女儿房中去告诉。丽鹃得此消息，病就霍然而愈，急从床上坐起，向徐老太倒身便拜，说道：

"母亲为女儿如此操心，真叫女儿万死不敢有忘也。"

徐老太含泪扶起，母女两人到此便不免又伤心起来。到了此日，丽鹃换了一身男装，告别父母，由赵得标保护同行，于是主仆两人遂一路向广东而去。

且说赵得标一路上小心照料，护送丽鹃进行。这日到了运河旁边，主仆两人便乘航船先到汉口，再转广东。航船里共乘七十多个旅客，得标把行李安顿舒齐，便对丽鹃说道：

"少爷，你一定是很吃力了，快息一息吧！"

丽鹃遂在铺房坐下，点头答道：

131

"倒也不甚吃力，你也息息吧。"

这时众旅客见丽鹃主仆两人，都不免暗暗注意，心里都觉好笑。因为丽鹃虽然男子装束，但柳眉杏眼，樱口雪齿，秀气动人，且举止文雅，更有婀娜之意态。但得标是生得体魄魁梧，豹头环眼，面如重枣，满腮须髭，若和丽鹃相较，实有天地之差。所以船中有几个年轻的纨绔子弟，都爱丽鹃风流动人，喜与交谈，而语多轻薄。后被得标大喝两声，教训一顿，方才不敢欺侮。

这日天气晴朗，风平浪静，船身缓缓顺流而进。丽鹃站在甲板上，凭着船栏，远望天际，蔚蓝一色，运河水面上帆船杆子似林子一般地矗立着，天然风景，映入眼底，顿感尘念俱消。丽鹃望了一回，正欲回身进舱，忽感天空浓云密布，狂风大作，一时暗暗吃惊。突然又听船夫大喊道：

"啊哟！不好了，你们快，大家来瞧呀！这庞大的黑黑的东西，浮在河面上的是什么呀！"

众旅客被船夫这样一喊，于是都走出舱外来看。一时只听有的说这是海蛟，有的说这是蟒蛇。得标扶着船栏，凝眸细瞧，只见远远的尚有二三里路程之外，浮着一条黑黢黢的东西，向前游来。这时运河的河面上只有一只航船在驶行，意欲靠岸停泊，但水流甚急，风势又顺，一时竟没法转舵。全船旅客都急得喊爹哭娘，跪拜祝天。但又有什么用？天空愈暗沉了，那黑黢黢的东西也愈游愈近了。丽鹃一听是蟒蛇出现，吓得花容失色，全身发抖，急得几乎哭出声来。得标站在旁边，劝慰她道：

"少爷，你放心，小的也识水性，事到万急，小的挟少爷身子跳河逃身可也。"

丽鹃哪里还能回答出话来，上下排牙齿，抖得格格作响。这时更加近了，众人也都已瞧清楚确实是一条蟒蛇，身长五丈余，腰粗二丈多，蛇头大似小丘，眼若铜铃，口似血盆。它把舌头向外伸长，似乎欲吞噬什么东西般的。不过所奇怪的，蛇身虽大，而游来的姿势并不凶猛，所以波浪也不汹涌。船夫是个四十多岁的汉子，久过航海生活，对于这样大的蟒蛇，实在从没见过。他稀奇蛇大而浪不大，且蛇身呆呆地只向这儿游来，道事情显然有蹊跷，于是他便说道：

"咱想这蟒蛇的来意不凶，并非蛮不讲理，咱知道它一定寻仇来的。咱们身中的诸位乘客，谁做过亏心事的快说出，你们不要连累全船人的性命啊！"

船夫虽然这样大喊，但又有谁来承认呢？船夫情急，便又说道：

"诸位乘客，事到万急，咱们不得不想个办法，就是咱们每个人搓个纸团，向蟒蛇口里掷过去，看它把谁的纸团吞了去，它一定是来找寻谁的。那么咱们老实不客气！为了顾全全船的性命起见，不得不把此人掷过去送给蟒蛇。不知诸位的意思如何？"

大家一听，都点头称好。于是各人都搓成一个纸团，但谁肯先做尝试呢？船夫道：

"这主意是咱想出，当然由咱第一个掷去。"

说罢，便跪倒在地，暗暗地先祝祷道：

"蛇神，冤手头，债有主，请勿无辜伤害他人性命。"

说着，便又站起身子，只见蟒蛇离船身已经只有二丈远了，胆小的旅客，都吓得魂飞魄散。船夫硬着头皮，把纸团狠命地掷了过去，说也奇怪，蟒蛇把纸团掷入河中去了。船夫心中大喜，于是叫众人挨次而掷，谁知都把纸团掷入河中去。最后只剩丽鹃一人未掷，船夫连连相催，丽鹃面无人色，手也抖了，捧着纸团，也只好掷了过去。不料这回蟒蛇把伸出的舌头一缩，那纸团竟吞了不去。众人见此情景，俱各大喜，遂上前动手，要把丽鹃抱起掷出。这时丽鹃魂飞魄散，人一半已死。得标上前拦住道：

"诸位且慢动手，咱的少爷安分守己，从未做过恶事，他完全是冤枉的，你们要掷还是把咱赵得标的身子掷过去吧！"

众人哪里肯依，船夫急道：

"蟒蛇专心寻冤而来，岂可他人代替，这是没有用的，你不能为了自己少爷，而累全船人的性命呀！"

说罢，把丽鹃身子托起，狠命地掷了过去。蟒蛇把口一张，接了过来。便掉转身子，果然如飞般地去了。一时浓云散开，早又风和日暖，全船人的心里，俱各大喜。只有赵得标怒不可遏。暗想：好大胆的蟒蛇，竟敢把吾小姐吞去，咱今生不要活了，决定与你拼个死活吧！得标想定主意，便在铺下取出一柄阔斧，纵身跳下河去，显出水上功夫，拼命向蟒蛇追赶上去。

话说赵得标在水中运足功夫，追赶了一程，但哪里追赶得上。一时游得精疲力尽，而蟒蛇早已不见影儿。回头再看那只航船，兀是在老远缓行，细小得好像一粒芝麻一般。得标到此，也只好向岸旁游去，好容易到了岸上，已经是死人一般地坐倒地上一动也不会动了。心中暗想：这次老爷、太太叫咱保护小姐到广东去，谁知竟出了这个乱子，这叫咱还有什么脸可以回去报告呢？意欲不想活命，也自尽了完事。但蝼蚁尚且惜生，一个人好好为什么要寻死呢？所以那死的念头，在得标脑海里不过只有一刹那间，便消失了。不过虽不寻死，回去终也不可能，从此以后，赵得标便流落在江湖上了。后来他又想，既不回宛平去，理应写封信去给老爷太太，也好叫老爷太太知道小姐的死，实在非人力所能挽回的。

徐公达接到得标的来信，知悉爱女被蟒蛇吞去，一时和徐老太哭得死去活来。这次见了美臣，想起爱女，自然又万分地伤心。美臣当时把德标来信念了一遍，顿觉心灰意懒，觉世事无不皆空，如醉如痴地呆了一回，也不免泪湿衣襟矣！公达见美臣如此神情，自然也心痛万分，倒反而劝慰了一番，叫他好好住下。后来公达夫妇欲弥补其缺憾，曾欲把甥女许配与美臣，美臣执意不允，谓"丽妹已死，今生吾不欲娶妻矣"。公达夫妇见他痴情如此，想及爱女福薄，亦伤心不已。美臣在县衙门住了两个月，于是他又奔走江湖去了。

诸位，你道丽鹃果然被蟒蛇吞吃了吗？说也不信，那蟒蛇把丽鹃娇小身子，平平稳稳地放在舌上，却给她置在一个沙滩的旁边。那时丽鹃早已吓得一个半死，昏迷不醒，躺在沙滩旁动也不会动了。直过了两个时辰，丽鹃方才悠悠醒转，睁眸一瞧，见四面茫茫然一片大水，自己却卧在沙滩上，细想刚才的事情，恍若梦中。一时好生奇怪，慢慢地爬起身来，在沙滩上踱了一回。暗自想道：蟒蛇既将咱吞去，为什么不把咱吃掉，这不是个怪事吗？正沉思间，忽见半空中来了一朵彩云，上面有个佛身坐着，徐徐而来。丽鹃急视之，却又霎时不见，心中以为眼花，不料这时却有人喊她道：

"丽鹃，你为何一人在此？"

丽鹃回眸望去，只觉金光万道，使自己不能睁眼，只好以手掩额，方见一个和尚，鹤发童颜，两耳垂肩，眉长过颊，飘然欲仙，向自己微笑。丽鹃知道是异人，遂即盈盈下拜，口喊：

"仙长降临，难女跪迎来迟，死罪！死罪！"

那和尚呵呵笑道：

"请起，请起。"

说罢，便把她扶起。丽鹃又道：

"仙长法号何名？难女被蟒蛇衔到这里，不知究系何故，还请指示明白。难女若和仙长有缘，千万收作徒儿，如此感恩不尽矣！"说着，又拜了下去。

那和尚道：

"咱名麻喇僧是也。至于蟒蛇之事，它是来报恩你的，十年

136

前你在花园里游玩，手握锄头，曾在泥土中发觉一条小蛇吗？那时小丫头叫你把它斫死，你不忍，放它逃生，今日故而救你。吾徒快瞧，这是什么东西漂来了呀？"

丽鹃听了，忙站起向后望去，只见顺水漂来一物，奔前一望，见有人抱一木板，漂浮过来。丽鹃细认之，不觉大惊道：

"此是船夫也，何以落水而死矣？"

麻喇僧道：

"全船之人皆在劫数之内，彼等以为脱险，安知霎时船覆，而终于不救矣！"

丽鹃闻言，这才恍然大悟，遂又跪倒，拜了又拜，喊：

"师父在上，小徒徐丽鹃拜见。"麻喇僧心中大喜，于是携彼上山了。

诸位终还记得梅莲容的师父便是麻喇和尚，他是少林嫡派，武功轻功俱佳，且已成剑仙矣！那日打坐洞中，忽觉心血来潮，知徐丽鹃有难，于是便下山一行，这且表过不提。再说麻喇和尚把丽鹃带上山去，悉心教授，丽鹃心领神会，学一知十，不到一年，轻功惊人。麻喇僧曾点头赞曰：

"吾徒可称谓草上飞矣！"

丽鹃闻说，满心欢喜，更加苦心研究，如此又过半年，丽鹃心中记挂父母，便求师下山一行。麻喇僧道：

"汝欲下山亦可，但汝之武功轻功如何？且试与吾瞧。洞门口有铁鼎三只，当年汝师姐莲容下山，只踢倒两只后出洞，今汝不知能否全踢倒吗？"

丽鹃见洞门口果有三只铁鼎，估计重量，每只足有二三千斤，遂向麻喇僧跪倒，说道：

"待小徒试来，若不能全踢倒，还请师父再行教之。"

说罢，便站起身子，猛可飞奔出洞。到得洞门口时，她运足功夫，飞起一脚，只见右边那只铁鼎，向左撞去，碰着左边的那只铁鼎，好像有了胶水一样，贴住了一同滚了出去。说时迟，那时快，丽鹃在一腿飞起之后，伸手把当中那只铁鼎一推。说也有趣，二三千斤重的铁鼎，在她手中仿佛像球儿一般地抛出去了。麻喇和尚瞧此情景，不禁喝了一声彩，霎时间丽鹃早又回身进内，跪在面前了。麻喇和尚笑抚彼之手，欣慰地道：

"汝之武功胜莲容多矣！今吾又欲瞧汝之轻功如何。山门前有湖一个，路长三里许，其深万丈，人堕其中，绝无救星，吾徒敢在湖面步行而过否？"

丽鹃道：

"且待小徒试之。"

麻喇和尚试其胆曰：

"汝不怕死乎？"

丽鹃眸珠一转，嫣然笑道：

"万一有失，徒儿知师父绝不坐视也。"

麻喇僧见其聪敏若此，亦不禁抚掌笑起来。于是师徒两人步出山洞，叫山童大开山门，丽鹃见山门外果有一湖，遥望之，不见陆地。一时暗想：这样长的路程，如何有此长力渡过？一时未免有些胆怯，但仔细一想，吾有此轻功，又何足惧哉！于是叩别师父，跳上水面，缓缓而行。麻喇和尚见她在水面行走，如履平地，愈走愈快，仿佛飞过一般。一时得意万分，点头称赞不已。且说丽鹃运足轻功，脚不沾水，飞步而行，不到顿饭工夫已走尽湖面，纵身跳上岸来。忽听有人呵呵大笑，急忙看时，见师父早又在前面了。遂忙倒身下拜，口喊师父。麻喇和尚见她面不改色，口不娇喘，遂扶起道：

"吾徒之功夫可矣！然世上之奇人异士颇多，吾徒切勿因此自骄，牢记！牢记！"

丽鹃道：

"师父金玉良言，敢不铭入心版。"

麻喇僧又教训了几句，丽鹃遂和师父挥泪而别。

话说丽鹃别师下山，因想此地离广东中山县颇近，何不先向周家村去一探美臣。这日到了广西桂林县，经过凤凰岭的山脚下，时已黄昏将近，抬头见山顶有一道院，遂飞步上山，叩门求宿。小道士见是一个如此美貌的姑娘，心中大喜，猜想师父正苦没有美人玩弄，今日咱可以去献功了。遂一口答应，引丽鹃到一间客房住下，自己便飞奔进丹房里报告无法道人去了。且说山野僧自从抢劫银瓶失败以后，便闷闷不乐。无法道人也埋怨他不该多事，山野僧住了几个月，便负气回皇觉寺去。这时童子剑已经练就，锋利无比，削铁如泥。无法道人因为在一百二十天练剑之内没有亲近女色，如今童子剑练成，自然想找个女人快乐快乐。但院中几个女子也玩厌了，大都面黄肌瘦，且身患暗疾，玩起来也不感兴趣，所以近日正在苦闷。如今忽然听小道士来报告，说有一美丽少女前来求宿，一时大喜，叫他好好招待，预备晚上就去行事。不料丽鹃是个心细如发的姑娘，她见小道士鬼头鬼脑的神情，心里就大起疑窦。所以晚膳以后，她不肯安睡。直到三更将尽，颇有倦意，只觉四周寂寂无声，方欲入睡，忽闻嘘嘘之声，由远而近，惨不忍闻。丽鹃觉此声乃是鬼叫，不免毛发悚然，遂跃床而起，仗剑在手，开房而出，自喝道：

"汝有何冤？姑娘可代为申雪之。"

话声未完，见一黑影向西而遁。丽鹃跟踪而往，见西首一间禅房，房中灯火微明，床上赫然呈一尸体，全身精赤，心中猛吃一惊。暗想：此院果然乃作恶之所，理应除之，以绝后患。于是便又悄然而出，在月光之下，只见又有一个黑影，手执宝剑，向自己客房中而进。知系恶道心存不良，遂飞步赶上，叫声"狗头看剑"。原来这黑影正是无法道人，他突然听此喝声，又觉背后有股凉气直逼，心知不妙，急回身转来，举剑向上一格，两剑相碰，只听哧的一声，丽鹃手中之宝剑，竟已一折为两了。倒是暗吃一惊，退了两步。无法道人大笑道：

"姑娘切勿害怕，咱无法道人是个有情义之人，绝不加害于你。你且随咱前来，咱身上有法宝给姑娘吃，姑娘回头必能快乐得心花怒放的。"

丽鹃听此邪语，红晕满颊，勃然大怒。在镖袋内取出一支金镖，喝声"照打"，便一镖打去。无法道人冷不防之间，躲避不及，竟被打中握剑的手腕，一阵疼痛，手中剑早已掉落。丽鹃见他亦无武器，便大胆上前，和他拳来脚去地大战起来。无法道人因手腕受伤，渐渐有些不支，向后便退，大喝：

"婢子，敢到这儿来大战三百回合吗?"

丽鹃明知是计，但亦不怕，飞步赶上，不料无法道人把手一扬，只听哗啦啦一声，打出一个掌心雷来。丽鹃早有防备，把她师父教授的霹雳手打出，只见两光相接，噼啪不绝。丽鹃飞起一脚，虽没踢中，因其势甚猛，无法道人只觉有阵重重压力扑来，一时站立不住，竟跌倒在地。丽鹃把手扬起，又是一记霹雳手，无法道人叫声啊哟，只见他的人已经被劈为两，肚肠流出，呜呼哀哉了。丽鹃急回身奔出，拾起地上之宝剑，在月光之下，只见上刻童子剑三字，心中大喜，知是宝剑。这时众道士闻声赶出，各执大刀，见当家已死，便一拥上前，口喊欲替无法道人报仇。丽鹃哪里放在心上，把众道杀得人头横飞。众道方知厉害，跪地求饶。丽鹃抱好生之德，遂赦了他们。此刻天已大明，丽鹃欲焚之以绝后患。众道又苦苦求免，说道：

"姑娘若焚寺院，吾等均无家可归矣!"

丽鹃道：

"汝等须改做好人，姑娘慈悲成性，姑且准其所请，日后倘依然作恶，定杀之尽绝耳!"

众道连声说是，丽鹃不便久留，遂携童子剑一路下山来。这日到了中山县周家村，找到了德臣家里，问道：

"美臣可在这里？"

齐巧德臣在家，互通姓名之下，方知此女乃己之弟媳，当由王氏殷殷招待，告诉美臣已往广东省城内兴隆街如玉家里去了，叫她住几天，也许就回来的。丽鹃没法，只好住下，和王氏谈谈，颇觉情投。不料旬日以后，依然不见美臣回家，于是欲到如玉家去探望，德臣夫妇苦留不住，只好叮嘱几句，分手而别。

丽鹃到了如玉家里一问，知美臣于半年前已往宛平县去了。如玉知丽鹃乃是美臣之未婚妻，便殷勤招待，玉蓝、凤姑、银瓶、莲容见丽鹃美艳，惺惺相惜，都感彼此可爱，便留住她玩几天。谈起来方知莲容和丽鹃还有师姐妹之关系，于是重新见礼，更加亲热。丽鹃在如玉家里住了半月，心中记挂爸妈、美臣，归心如箭，莲容等知其意，不便强留，遂分手送别。

且说丽鹃一路向宛平县而去，昼行夜宿。这日到了湖北省的永定县，天已昏黑，且腹中饥饿，于是寻找宿店，店小二招待到一间卧房，丽鹃叫他端上饭菜。吃了夜饭，正待休息，忽听夜风中送来一声娇喝道：

"周美臣！周美臣！姑娘为你家破人亡，今日为了爱你，仍不记前恨，谁知你如此不识抬举，真死期到矣！"

丽鹃一听，大吃一惊，立刻推开窗子，飞身出外。见隔壁房间里灯火通明，凑近身去一望，只见房内被绑一少年正是自己夫婿周美臣，旁边站着一姑娘，拿剑相逼，不知何人。一时心中妒火勃发，便急破窗而入，举剑直劈，大骂：

"贱婢无知，敢戏弄吾夫也。"

未知这个少女是谁？美臣又如何被绑？且待下回再详。

第十回

投宿店夜半遇周郎
偿夙愿花开结并蒂

话说美臣在县衙门里住了两月，心中想了丽鹃的种种恩情，满想早晚结成一对美满的姻缘，不料未及两载，她却早已不在人世了。想到丽鹃竟如此不幸，那真是叫自己做梦也想不到的。美臣每在夜阑人静，独对孤灯，思念丽鹃，泪便如泉水一般地涌了出来。因为他住的是丽鹃的卧房，小玉絮絮地告诉他小姐想君之情，天无其高，海无其深。美臣听了，更加痛惜，于是决意终身不娶，以报丽鹃之情。

这日，美臣在房中，正在垂泪，小玉走来说道：

"老爷太太有请。"

美臣于是到上房里去，先向公达夫妇请了安。徐老太命他坐下，小鬟端上三杯香茗。美臣开口问道：

"岳父母叫小婿到来，不知有何吩咐？"

徐老太说道：

"吾见姑爷天天闷闷不乐，形容日见消瘦，当然是为了丽鹃之故。但人死不能复生，徒然伤心，于死者固然无益，于自己更有损害。所以吾劝姑爷勿再伤心，积劳所以致疾，而久郁因以丧生，汝乃明达之人，当然亦有所悟耳！"

美臣听了，深深叹了一口气，红了眼皮，含泪答道：

"岳父母所言极是，小婿并非不知，奈鹃妹因找咱而遭此横祸，叫小婿心中安得不痛乎？"

言讫，泪下如雨。徐老太听了，本来是劝他不要伤心，到此自己亦不免涕泗滂沱矣！公达道：

"吾有甥女杏仙者，年方十六，亦品貌俱佳，尚待字闺中，吾意欲配你为妻，以弥补缺憾，不知汝意思如何？"

美臣闻说，泪流满颊，说道：

"小婿非敢有违尊命，实不忍再娶耳！"

公达奇怪道：

"汝岂能为小女而终身不娶乎？"

美臣道：

"小婿实有此意。"

公达夫妇听了，愕然良久，见其意态真挚，想非做作，一时愈加痛惜，遂不复作伐矣。三人泣了一回，小玉送上面巾，劝了一回，方才停止哭泣。如此又过半月，美臣觉久住在此，更增痛苦，于是向公达夫妇说明，欲出外一游。公达夫妇恐他闷出病来，遂也赞成，不过叫他切勿忘记彼等两老，日后时来走动。美臣道：

"岳父母请你们放心，想小婿幼无父母，孤苦仃伶，今日之爱吾者，唯两位老人家而已，岂敢有忘耶？"

说着，想及丽鹃，泪水不免又夺眶而出矣！公达夫妇瞧此情景，更加依依不舍，叮嘱了许久，方才洒泪而别。

话说美臣出了县衙门，一时毫无目的地向前进行，遇有酒店，便进内痛饮，以酒消愁，愁上加愁，美臣内心之痛苦亦可谓甚矣。这日到了永定县的大街，已是万家灯火，街上行人拥挤，十分热闹。美臣抬头见一家客栈，名曰聚英馆，于是进内借宿。店小二招待入座，先进酒菜，美臣这一喝，竟喝了二十多斤，以致烂醉如泥。店小二推之不醒，遂动手扶他进房。不料这时从外面走进一个姑娘，见美臣，心里倒是一怔，暗想：冤家狭路又相逢了，眼瞧店小二把美臣扶进房去，她便也往了一个房间，先用了晚餐。

诸位你道这个姑娘是谁？原来就是马梨影。梨影在武当山住了几天，心里便活动起来，因此偷偷下山，一路上做了许多淫贱的丑事。天下事有凑巧，在永定县中不料和美臣又相遇了，于是她暗暗留心，预备报仇雪恨。单等到了二更敲过，夜阑人静，于是便手握利刃，悄悄地到美臣房中，掩上了房门，轻步走到床边。在灯光之下，只见美臣仰天而卧，鼻息微微，酣然而睡，容光焕发，红白分明，真是令人可爱。梨影芳心一动，哪里还有勇气下手行刺，欲念一发，春情油然而生。情不自禁扑下身去，紧

146

紧抱住了美臣的身子，小嘴在他红唇上发狂般地吻了一回。薄薄的嘴唇，原来是全身感觉最灵敏的部分，经此一吻，梨影全身每个细胞都紧张起来，同时下体更感到神秘的变化。她到此再也按捺不住，伸手便去解美臣衣裤。美臣虽然烂醉如泥，但到底已睡了两个更次，今被她如此发狂般地一阵推动，早已一觉醒来。睁眼见梨影压往自己的身子，做出不堪入目的淫态。羞耻之心，人皆有之，何况美臣一度灰心之后，对于女色两字，更觉淡漠。一时心中大怒，圆睁了眼睛，骂道：

"婢子竟淫贱若此，真死有余辜矣！"

说罢，美臣意欲翻身坐起。奈何一度烂醉之后，全身软绵无力，被梨影擒住了两臂，英雄竟无用武之地。梨影嫣然一笑道：

"汝之性命，全在吾之掌握中，汝尚敢倔强邪？"

美臣大喝道：

"要杀便杀，何必多言？吾誓不称汝无耻婢子之兽行。"

梨影紧紧覆在他的身上，故意把身子扭怩着，小嘴吻着美臣的唇儿，啧啧有声，撩拨美臣的春情。美臣从生以来，遇到的淫女，除了潘莲贞之外，觉得实在要算梨影了。今莲贞归正，而梨影又丢脸若此，师姐妹两亦可谓难得极了。美臣心中怒不可遏，用尽气力，猛可把梨影掀下床来，跃身跳起，怒喝：

"婢子照打。"挥拳就向梨影击去。梨影冷不防被他掀倒地下，心里正在发恨，又见他向自己打来，便跷起一只金莲，向美臣腿弯一钩，美臣站脚不住，就直扑了下去。说也有趣，齐巧扑到梨影的身上，梨影伸开两臂，又把他拼命地抱住，口喊：

"亲爷，姑娘这样爱你，你难道是铁打心肠不成？既已上马，就快施展本领，咱们来大战一场吧！"

美臣呸了一声，竭力挣扎，伸拳在她腰间狠狠地打了一下。梨影负痛，便抱着美臣从地上跃起，将他两手缚在椅上，执剑在手，向他扬了扬，厉声叫道：

"小子该死！你到底从不从？"

美臣眼睛瞪了瞪，却是默不作声。梨影把剑按在他的脖子上，秋波白他一眼，说道：

"姑娘给你最后的忠告，汝若不从姑娘，莫怪姑娘无情。"

美臣仍是不答，梨影觉得硬上不是，只好收了宝剑，伸手搭在他的肩上，又软语温存道：

"周美臣，姑娘为你家破人亡，今日相逢，本当一剑结果，以报大仇。现在姑娘见了你这冤家，实在是太爱你了，不记前恨，情愿与你永久成为夫凄，共享闺房之乐，你何以一味执拗若此耶？"

美臣正欲开口回答，忽然一声响亮，窗外跳进一个姑娘，举剑向梨影就劈。梨影急把桌上宝剑拿起，向上一格，只听嚓的一声，梨影手中捏着的早已只剩剑柄了。一时猛可吃一惊，就在这一惊之间，丽鹃逼紧剑法，向梨影喉管直刺。梨影措手不及，大叫"哟呀"，早已应声而倒。丽鹃把剑头拔出，只见染了一片碧血。可怜梨影不听师训，风流成性，终于没有结果。

话说美臣坐在椅上，听窗外飞进来的姑娘，大骂"淫婢可杀，胆敢戏弄吾之夫婿耶"？一时心中好生奇怪，急忙仔细望去。这一望，正是应着了不瞧犹可的一向话，心里更加大奇特奇，暗想：丽鹃没有死吗？为了太奇怪的缘故，反而一向话也说不出，眼睁睁地望着她倒是愕住了。丽鹃见美臣对自己这样出神，仿佛不相识的样子，以为他在奇怪自己突然有此本领了，遂笑盈盈地一面给他解缚，一面叫道：

"美臣哥哥，你真想得妹子好苦呀！"

美臣听她这样说，一时更加糊涂，以为丽鹃不朽的英灵，因被困特地来相救的。心中一阵酸楚，不免淌下泪来，泣道：

"妹妹死得好苦，咱为你心中万念俱灰，今已无意于人世矣！"说罢而哭。

这两句话骤然听到丽鹃的耳里，弄得丈二和尚摸不着头脑了，拉了美臣之手，急道：

"哥哥，这话从哪儿说起，你……你……竟把妹子当作鬼了吗？"

美臣到此，酒也完全醒了，立刻站起身子，两手捧过丽鹃之粉颊，在灯光之下，凝眸细瞧良久，破涕笑道：

"不是鬼？鹃妹……难道没有死吗？"

丽鹃这才有些明白，一撩眼皮，乌圆眸珠在睫毛里一转，掀着笑窝儿，娇媚地笑道：

"哥哥，咱没有死呀！你不信，你的两手不是很实在地捧着妹子的脸儿吗?"

说到这里, 又觉好生难为情, 白嫩的两颊早又添了一圆圈红晕。美臣听她这样说, 又见她如此娇羞不胜的意态, 方明白丽鹃是人, 并不是鬼, 一时惊喜欲狂, 猛手拥而吻之, 两人便亲亲热热地搂住了。好一会儿, 这才携手同至床边坐下, 互相望了一眼, 只见两人的脸颊, 在灯光笼映之下, 各显现了晶莹莹的泪水了。美臣笑道:

"吾做梦也想不到今生还有和妹妹见面的日子, 妹妹不是被大蟒蛇吞吃去了吗? 怎么还在人世? 而且已学得了如此惊人的本领, 真令吾好生不解。妹妹, 你快告诉我吧!"

丽鹃闻言, 不禁破涕为笑, 以手背揉擦了一下眼皮, 娇憨之情, 殊令人意消。她微笑道:

"哥哥, 说来话长, 自从你走后, 咱的心中, 自己也不知道为什么如此不安和烦恼, 终感到闷闷不乐。这天妹子午后稍息, 忽然得了一个噩梦, 梦见哥哥病危, 携吾之手, 含泪泣别。妹子得此噩梦, 芳心已碎, 一时从梦中大哭而醒, 从此心中疑窦丛生, 唯恐哥哥在家, 真的病着。虽经妈妈百般劝解, 妹子一寸心灵, 郁郁终不能去怀。于是妹子便决心亲自往广东一行, 爸妈见妹子去意已定, 不忍强阻, 遂命佣人赵得标相伴而行。得标固一憨直忠厚之大汉也, 妹心亦甚安慰。不料妹等渡运河之时, 忽来一大蟒蛇, 徐徐向吾船只行来, 张开红血, 仿佛吞人模样……"

美臣听到这里, 便奇怪地插嘴问道:

"船中旅客岂止妹妹一人，奈蟒蛇何以独吞妹子而去，岂非怪事？"

丽鹃秋波一转，嫣然笑道：

"可不是？众人以为吾被蟒蛇吞去必死无疑矣！安知蟒蛇乃向吾报恩来呢！"

美臣听了，急问这是什么话，丽鹃扬着眉，遂把船夫想法掷纸团，以及自己被吞，后抛于沙滩上，经麻喇和尚诉之因果，她方才恍然大悟，后果见船夫尸体漂浮河面的话，细细告诉了一遍。美臣听了，方才晓得其中有此曲折事情，一时心里又喜又恶，不禁笑道：

"妹妹真奇女也，吾之福不浅矣！"

丽鹃听了，瞅他一眼，赧赧然却报之以微笑。一会儿，又问美臣别后情形。美臣便细细告诉一遍，及至说到被梨影相逼之处，方才记得梨影尸体在房内，万一被人发觉，岂不是又有许多麻烦，于是商量置梨影尸休之办法。丽鹃道：

"哥勿急，妹身上带有药粉，能使尸体化为乌有。"

说着，便在袋内取出一瓶药粉，正欲倒向梨影身上去。美臣忽然想着一事，急拉住她身子说道：

"妹妹且慢，梨影身上不知可否带着白玉杯，待咱们搜抄搜抄。"

丽鹃点头，伸手在她怀里一摸，果然摸出一只白玉杯来，交与美臣道：

"哥哥，你瞧，此杯可是？"

美臣一瞧，大喜道：

"正是！白玉杯今日又在吾手中矣！"

丽鹃于是把梨影尸体化去，两人携手坐到床边，相对默默凝望良久，大家微微一笑，不禁抱在一起又紧紧地吻住了。经过良久的吮吻，丽鹃这才推开他的身子，秋波脉脉含情地逗给了他一个媚眼。在这柔和的目光之中七分是喜悦，三分是羞涩。因为脸部上有了三分羞涩的意态，自然地愈加增了不少的妩媚。美臣笑了，丽鹃也笑起来。这时两小口子意外的重逢，心里的喜欢，真非作者一支秃笔所能形容其万一的了。美臣道：

"妹妹今晚就睡在咱房中吧！"

丽鹃摇头道：

"不，被外人知道了，那算什么意思？"

美臣笑道：

"反正天快亮了，咱们就坐谈一夜好了。"

丽鹃也舍不得离开，两人唧唧地真的会谈了一夜，直到东方微微发白，丽鹃方回房去安睡了。两人这一睡下去，直到下午方才醒来。丽鹃笑盈盈地早又到美臣房中来了，两人坐在一块儿吃饭。饭毕，便携手回宛平县去。不料刚才一脚跨出聚英馆，忽见迎面走来一个叫花子。他向丽鹃不住地打量，丽鹃觉此人好生面熟，低头正欲沉思，谁知那花子奔了上来，招呼道：

"你……你……这位可不是丽鹃小姐吗？"

丽鹃被他这一叫喊，急向他凝眸细瞧，顿时啊哟了一声，说道：

"你是赵得标呀！何以弄得如此狼狈呀？"

得标一听果是小姐，心中喜欢得直跳起来，叫道：

"原来果然小姐还在人世，小姐，真是一言难尽。"

丽鹃道：

"这儿不是说话之所，咱们且到里面去坐一回吧！"

于是三人复进聚英馆坐下，店小二是认识的，知道遇到熟人，遂急泡上香茗。丽鹃又向美臣介绍，得标忙喊：

"姑爷，小的在此有礼了。"

两人听他竟直呼姑爷，倒感到有些难为情，忙道：

"罢了，罢了。"

丽鹃又问他为什么不回宛平县去。得标愁苦了脸，先央求道：

"小姐，小的肚子实在饿得了不得，请先给小的饱吃一顿，然后再说话吧！"

丽鹃听了，遂即喊店小二拿上饼菜，只见得标狼吞虎咽般地大吃大嚼，这情景可见他实在已饿得不堪了，真觉着十分可怜。得标一连吃了十二海碗的饭，方才停止，抿着嘴儿，叹道：

"小姐，这样白米饭咱有一年多没有上嘴了呢！"

丽鹃颦蹙蛾眉，问道：

"你现在总可以告诉了吧！"

得标道：

"小的见小姐被蟒蛇吞去，一时愤怒万分，便跳入水中，拼命追赶蟒蛇，但哪里追赶得着，游得精疲力尽，只好上岸。想出外之时，老爷太太如何叮嘱，今小姐被蟒蛇吞去，小的一人活命，叫咱怎有脸再回家去见老爷？故而只写了一封信去告诉，自己便流落在江湖上了。"

说着，又问小姐如何没有给蟒蛇吞吃了。丽鹃也略为告诉一遍，一面叫他洗个澡，一面又叫店小二买身衣服，给得标换上，于是三人方向宛平县而去了。

徐公达夫妇自美臣走后，更觉寂寞。这日两老在房中闲谈，公达颇有返归林下之意。徐老太知夫君因爱女已死，所以心灰意懒，一时也觉做官无味，颇赞成公达之意。不料正在这时，忽见小玉蹬蹬地奔来，笑着报告道：

"老爷，太太！得标伴着小姐和姑爷回来了呢！"

徐公达听了这话，便喝道：

"你别见鬼吧！"

小玉抿嘴一面笑，一面急道：

"婢子何尝见鬼，老爷不信，小姐就进房来了。"

小玉话声未完，只见丽鹃爸爸妈妈嚷着进来，后面跟着的，果是美臣和得标。公达夫妇瞧了，心中这一奇怪，真的呆若木鸡一般的了。那时丽鹃急急投到徐老太的怀里，早已呜呜咽咽地哭起来了。得标跪在公达面前，连喊"老爷饶小的糊涂"。公达瞧

154

此情景，弄得茫无头绪，望望爱女，望望美臣，又望望得标，好一会儿，才向他说道：

"你且起来，老夫实在太不明白了，这究竟是什么一回事呀？"

得标谢了恩，便站起身来，方才把所有经过的事情向公达告诉一遍。公达听了，如梦初醒，一时满心欢喜。回头见丽鹃却依在母亲怀里，各人的颊上都挂着眼泪，也在絮絮地说话，到此忍不住也笑了起来。手携美臣，频频点头道：

"若非贤婿用情专一，此事成僵局矣。吾瞧此情形，方知两人同心，其利断金之句不虚矣！有情人果然成为眷属，老夫从此笑逐颜开哩！"

美臣听了这话，得意非凡，笑而不答。这时丽鹃方才盈盈上来，向公达跪倒，拜将下去，口喊：

"爸爸，女儿不肖，累爸爸伤心，皆女儿之罪也。"

公达连忙抱起，手抚长鬣，吻女儿之额，笑道：

"鹃儿，汝若真死，吾与汝母皆无意于人世矣！"

丽鹃听了爸爸这样说，心中感无可感，眼泪盈盈而下。公达眼皮微红，不禁也落下几点泪来。美臣在旁说道：

"妹妹，爸爸为你不知淌了几许眼泪，今日骨肉重逢，理应欢喜才是，切勿再伤老人家之心也。"

丽鹃闻言，破涕嫣然而笑，显出孩子的意态，偎着公达的身子，微昂了粉颊儿，娇媚地道：

"爸爸，你别伤心了。"

公达见女儿如此可爱，也不禁笑了起来，遂吩咐下人们摆席。四人围坐一张小圆桌边，美臣、丽鹃手握酒壶，给公达夫妇筛酒。这时两老眼瞧着这一对如花如玉的璧人，那张瘪嘴也就笑得没有合拢的时候了。

过了几天，美臣欲再向广东一行，是送白玉杯给如玉去。公达哪里肯放，说待结了婚后再去未迟。美臣不敢违拗，只好答应。一时县衙门里便热闹起来，挂灯结彩，大摆酒筵，宛平县中的绅士闻知，纷纷送礼，齐来道贺。这日吉期，县衙门前的车水马龙，热闹异常。美臣、丽鹃双双行了交拜礼，祭过祖先，然后拜见公达夫妇俩，方才送入洞房。小玉拉拢帷幔，送上一盘百果糕及枣子、长生果、桂圆等物，叫两人吃些，是含着早生贵子之意。美臣这时得意极了，眼瞧着小玉盈盈地退出房去，便轻轻掩上了房门，用门闩插上，方才挨近丽鹃身旁，温和地笑道：

"妹妹，今日可辛苦了。"

丽鹃微抬起头，两颊艳如红霞，秋波水盈盈地向他一瞟，笑道：

"妹妹没有什么辛苦，哥哥倒是真辛苦了。"

美臣见彼这样娇羞的意态，真令人爱煞，遂携彼之手，笑道：

"那么咱们早些睡了吧！"

丽鹃羞人答答地随他同登牙床，掀开绣被，同钻身进被里。

美臣觉丽鹃的肌肤滑如凝脂，白嫩如玉，柔软若绵，且遍体皆香，因此吻个不停。丽鹃羞得两颊绯红，但柔顺得羔羊一般，半推半就。一个低唤妹妹，一个轻呼哥哥，两人颠鸾倒凤，如胶似漆，恩爱之情，缠绵之意，实非作者的一支秃笔所能形容得头头是道了。芙蓉帐暖，芍药花开，人生之乐，再无甚于新婚之时期中了。美臣伴丽鹃于闺房之中，卿卿我我，不觉光阴之速，转眼之间，早又到了已凉天气未寒时了。美臣想起白玉杯之事，便和丽鹃商量，欲往广东一行。丽鹃道：

"妹与哥同往如何？"

美臣大喜道：

"如此好极矣！"

于是向公达夫妇告诉。公达夫妇不忍拂彼等之意，只好叮嘱路上小心，早日回家。两人答应，到了次日，便动身起程，向广东而进。《童子剑》到此便告一个小结束，欲知以后详情，还请诸位读者在《小侠万人敌》中再行细阅吧！

附　　录

从鸳鸯蝴蝶派谈到冯玉奇小说

裴效维

《民国通俗小说典藏文库·冯玉奇卷》《民国武侠小说典藏文库·冯玉奇卷》将收录冯玉奇的百余种小说作品，此举极其不易。现在，我愿以这篇文章给出版者呐喊助威。尽管我人微言轻，但我毕竟是一个中国文学的研究者，为鸳鸯蝴蝶派说些公道话是我的责任。

冯玉奇是一位鸳鸯蝴蝶派作家，因此我们要想了解冯玉奇，必须首先厘清有关鸳鸯蝴蝶派的　些问题。

一、何谓鸳鸯蝴蝶派

鸳鸯蝴蝶派作家平襟亚在《关于鸳鸯蝴蝶派》（署名宁远）一文中对鸳鸯蝴蝶派的来历说得很清楚：

鸳鸯蝴蝶派的名称是由群众起出来的，因为那些作品中常写爱情故事，离不开"卅六鸳鸯同命鸟，一双蝴蝶可怜虫"的范围，因而公赠了这个佳名。

——载香港《大公报》1960 年 7 月 20 日

可见鸳鸯蝴蝶派并不是一个有组织有宗旨的小说流派，而是因为当时流行的言情小说多写一对对恋人或夫妻如同鸳鸯蝴蝶般相亲相爱，形影不离，因而民间用鸳鸯蝴蝶小说来比喻这种言情小说，那么这种言情小说的作家群当然也就是鸳鸯蝴蝶派了。这种说法应该是可信的，因为民间常用鸳鸯和蝴蝶来比喻恋人或夫妻，很多民间文学作品中不乏其例。这一比喻非常形象生动，但并无褒贬之意，因此不胫而走。

传到新文学家那里，便加以利用，并赋予贬义，作为贬低对手的武器。但新文学家对鸳鸯蝴蝶派的界定并不一致，大致有两种看法。

一种看法认同民间的比喻说法，即将鸳鸯蝴蝶派小说局限为通俗小说中的言情小说，将鸳鸯蝴蝶派局限为言情小说作家群。鲁迅是这种看法的代表，他在 1922 年所写的《所谓"国学"》一文中说："洋场上的文豪又作了几篇鸳鸯蝴蝶派体小说出版"，其内容无非是"'卿卿我我''蝴蝶鸳鸯'"（载《晨报副刊》1922年 10 月 4 日）。又于 1931 年 8 月 12 日在社会科学研究会做了《上海文艺之一瞥》的长篇演讲，其中对鸳鸯蝴蝶派小说更做了形象而精辟的概括：

> 这时新的才子＋佳人小说便又流行起来，但佳人已
> 是良家女子了，和才子相悦相恋，分拆不开，柳阴花
> 下，像一对蝴蝶、一双鸳鸯一样。

——连载于《文艺新闻》第 20、21 期

此外，周作人、钱玄同也持这种看法。周作人于 1918 年 4 月 19 日在北京大学文科研究所小说研究会做《日本近三十年小说之发达》的演讲中，就说现代中国小说"还有《玉梨魂》派的鸳鸯蝴蝶体"（载《新青年》第 5 卷第 1 号）。次年 2 月，周作人又发表《中国小说里的男女问题》（署名仲密）一文，认为"近时流行的《玉梨魂》，虽文章很是肉麻，（却）为鸳鸯蝴蝶派小说的鼻祖"（载《每周评论》第 5 卷第 7 号）。与周作人差不多同时，钱玄同在 1919 年 1 月 9 日所写的《"黑幕"书》一文中也说："人人皆知'黑幕'书为一种不正当之书籍，其实与'黑幕'同类之书籍正复不少，如《艳情尺牍》《香闺韵语》及'鸳鸯蝴蝶派小说'等等皆是。"（载《新青年》第 6 卷第 1 号）这种看法后来被人称之为"狭义的鸳鸯蝴蝶派"看法。

另一种看法却将鸳鸯蝴蝶派无限扩大，认为民国年间新文学派之外的所有通俗小说作家都是鸳鸯蝴蝶派，他们的所有通俗小

说都是鸳鸯蝴蝶派小说。这种看法的代表人物是瞿秋白和茅盾。瞿秋白从小说的内容方面来扩大鸳鸯蝴蝶派小说的范围，他在《财神还是反财神》一文中说，"什么武侠，什么神怪，什么侦探，什么言情，什么历史，什么家庭"小说，都是鸳鸯蝴蝶派小说（见人民文学出版社 1953 年 10 月版《瞿秋白文集》）。茅盾则从小说的形式方面来扩大鸳鸯蝴蝶派小说的范围，他在《自然主义与中国现代小说》一文中认定鸳鸯蝴蝶派小说包括"旧式章回体的长篇小说""不分章回的旧式小说""中西合璧的旧式小说""文言白话都有"的短篇小说（载 1922 年 7 月《小说月报》第 13 卷第 7 号）。这种看法后来被人称之为"广义的鸳鸯蝴蝶派"看法，而且逐渐成为主流看法，以致后来的文学研究者都接受了这种看法。

新文学家不仅在鸳鸯蝴蝶派的界定问题上分成了两派，而且在鸳鸯蝴蝶派的名称上也花样百出。如罗家伦因为徐枕亚等人好用四六句的文言写小说，便称其为"滥调四六派"（见署名志希的《今日中国之小说界》，载 1919 年《新潮》第 1 卷第 1 号），但无人响应。郑振铎因为《礼拜六》杂志为鸳鸯蝴蝶派的主要刊物之一，便称其为"礼拜六派"（见署名西谛的《新文学观的建设》一文，载 1922 年 5 月 21 日《文学旬刊》第 38 号）。这一说法得到了周作人、茅盾、瞿秋白、朱自清、阿英、冯至、楼适夷等人的响应，纷纷采用，以致使用频率越来越高，知名度越来越大，终于成为鸳鸯蝴蝶派的别称了。于是"鸳鸯蝴蝶派"和"礼拜六派"两个名称便被新文学家所滥用。如郑振铎在《新文学观的建设》一文中称"礼拜六派",而在《〈文学论争集〉导言》一文中却称"鸳鸯蝴蝶派"（见上海良友图书公司 1935 年 10 月出版的《新文学大系·文学论争集》卷首）。还有人在同一篇文章里既称鸳鸯蝴蝶派,又称礼拜六派。如阿英在 1932 年所写的《上海事变与鸳鸯蝴蝶派文艺》一文中说:张恨水的所谓"国难小说",与"礼拜六派的作品一样,是鸳鸯蝴蝶派的一体","充分地说明了鸳鸯蝴蝶派的作家的本色而已"（见上海合众书店 1933 年 6 月出版的《现代中国文学论》）。

茅盾在 20 世纪 70 年代觉得统称鸳鸯蝴蝶派或礼拜六派都不合适,于是提出了一个折中的看法,他在《紧张而复杂的生活、学习与斗争（上）——回忆录（四）》中说:

> 我以为在"五四"以前,"鸳鸯蝴蝶派"这名称对这一派人是适用的。……但在"五四"以后,这一派中有不少人也来"赶潮流"了,他们不再老是某生某女,而居然写家庭冲突,甚至写劳动人民的悲惨生活了,因此,如果用他们那一派最老的刊物《礼拜六》来称呼他们,较为合式。

——载 1979 年 8 月《新文学史料》第 4 辑

事实是该派在"五四"前后没有根本变化，都是既写言情小说，又写其他小说，将其人为地腰斩为两段，既显得武断，又无法掩盖当时的混乱看法。

这些混乱的看法导致后来的文学研究者无所适从：或沿用"鸳鸯蝴蝶派"的说法（如北大本《中国文学史》和《中国小说史稿》、复旦本《中国文学史》和《中国近代文学史稿》等）；或沿用"礼拜六派"的说法（如山东师院本《中国现代文学史》等）；或干脆别出心裁地称之为"鸳鸯蝴蝶—礼拜六派"（见汤哲声《鸳鸯蝴蝶—礼拜六小说观念的价值取向及其评价》，载《苏州大学学报》1992 年第 2 期）。这可真算是中国小说史上的一出有趣的滑稽戏了。

二、如何评价鸳鸯蝴蝶派

鸳鸯蝴蝶派的开山作品是 1900 年陈蝶仙的言情小说《泪珠缘》，因此鸳鸯蝴蝶派应该是指言情小说派，这也就是后来的所谓"狭义的鸳鸯蝴蝶派"，但被新文学家扩大为"广义的鸳鸯蝴蝶派"，实际上也就是民国通俗小说派。

鸳鸯蝴蝶派与同时期的"南社"不同，既没有组织，也没有纲领，而是一个在思想倾向和艺术风格上大体相同或相近的小说流派，连"鸳鸯蝴蝶派"这一招牌也是别人强加给它的。然而客观地说，鸳鸯蝴蝶派确实是一个产生过巨大影响的小说流派。在

"五四"以前的近二十年间，它几乎独占了中国文坛；在"五四"以后的三十年间，虽然产生了新文学，但新文学只是表面上风光，而鸳鸯蝴蝶派却一派兴旺发达景象。我对"广义的鸳鸯蝴蝶派"做过不完全的统计：该派作家达数百人，较著名者有一百余人，所办刊物、小报和大报副刊仅在上海就有三百四十种，所著中长篇小说两千多种，至于短篇小说、笔记等更难以计数。在此前的中国文学史上，还没有哪个文学流派有过如此宏大的规模，产生过如此巨大的影响。

鸳鸯蝴蝶派由于规模宏大，又处在历史的一个巨变时期，其成员的确鱼龙混杂，其作品也良莠不齐，但总体来说，它形象地记录了中国二十世纪前五十年的历史，为中国读者提供了丰富的精神食粮，对中国小说的传承起过积极作用，因此应该给予充分的肯定。

鸳鸯蝴蝶派小说已经不是中国传统通俗小说的复制，而是一种改良的通俗小说。在形式方面，它既采用章回体，也采用非章回体，甚至采用了西洋小说的日记体、书信体等，至于侦探小说则更是完全模仿自西洋小说。在艺术手法方面，受西洋小说的影响非常明显，如增加了人物形象和景物描写，结构与叙事方式也趋于多样化，单线和复线结构并用，第三人称和第一人称叙述法兼施，还采用了倒叙法和补叙法。在内容方面，鸳鸯蝴蝶派小说已经扩大了描写范围，反映了当时社会生活的各个方面，甚至已经紧跟时事，及时反映当前的社会现实，被称为"时事小说"。

如李涵秋的《广陵潮》描写辛亥革命，而他的《战地莺花录》则描写五四运动，这种及时反映当时发生的重大政治事件的小说，与多写历史故事的古代小说完全不同，显然是一大进步。鸳鸯蝴蝶派的言情小说，也不同于古代的才子佳人小说，而是一种新才子佳人小说。古代的才子佳人小说因面对森严的封建礼教，只能写才子与佳人偶尔一见钟情，以眉目传情或诗书传情的方式进行交流，最后皆是有情人终成眷属的大团圆结局。而这种大团圆结局完全是人为的：或出于巧合，或由于才子金榜题名，皇帝御赐完婚，这就完全回避了封建包办婚姻的问题。而民国年间的封建礼教已经在一定程度上松绑，尤其像上海、北京等大城市得风气之先，恋爱自由和婚姻自主思想已经渐入人心。因此有些鸳鸯蝴蝶派的言情小说也突破了古代才子佳人小说的窠臼，才子佳人已经敢于"相悦相恋，分拆不开，柳阴花下，像一对蝴蝶、一双鸳鸯一样"。其结局也不再全是有情人终成眷属的大团圆，而是"有时因为严亲，或者因为薄命，也竟至于偶见悲剧的结局……这实在不能不说是一个大进步"（鲁迅《上海文艺之一瞥》，连载于1931年7月27日、8月3日《文艺新闻》第20、21期）。言情小说由大团圆结局到悲剧结局的确是一个大进步，因为前者是回避封建包办婚姻礼制，而后者是控诉封建包办婚姻礼制。而这一进步的开创者是曹雪芹和高鹗，他们在《红楼梦》里所写的婚姻差不多都是悲剧。因此胡适称赞《红楼梦》不仅把一个个人物"都写作悲剧的下场"，而且最后"作一个大悲剧的结束，打破了中国小说的团圆迷信"(《〈红楼梦〉考证》，见1923年亚东图书馆版《胡适文存》）。可见鸳鸯蝴蝶派的言情小说在一定程度上继承了《红楼梦》开创的爱情婚姻悲剧模式，因而具有相当的反封建意义。我们可以徐枕亚的《玉梨魂》为例加以说明，因为该小说被新文学家指为鸳鸯蝴蝶派的代表性作品。

《玉梨魂》的故事很简单——清末宣统年间，小学教员何梦霞与年轻寡妇白梨影相爱，但两人均认为他们的这种行为是不道德的。为了得到感情的解脱，白梨影想出个"移花接木"的办法，即撮合何梦霞与自己的小姑崔筠倩订了婚。然而何梦霞既不能移情于崔筠倩，白梨影也无法忘情于何梦霞，结果造成了一连串的悲剧——白梨影在爱情与道德的激烈冲突下郁郁而死；崔筠倩因得不到何梦霞之爱而离开了人世；白梨影的公公因感伤女儿、儿媳之死而一病身亡；白梨影的十岁儿子鹏郎成了孤儿。何梦霞为排遣苦闷，先赴日本留学，继又回国参加了辛亥武昌起义（即辛亥革命），壮烈牺牲。

《玉梨魂》不仅描写了一个爱情婚姻悲剧，而且不同于一般的爱情婚姻悲剧。一般的爱情婚姻悲剧都是由封建势力造成的，即由包办婚姻造成的；而《玉梨魂》所写的爱情婚姻悲剧，其原因却是何梦霞和白梨影自身的封建道德。他们既渴望获得恋爱自由和婚姻自主的权利，又不能摆脱封建道德和封建礼教的束缚，两者激烈冲突，造成三死一孤的惨剧。从而揭露了封建道德和封建礼教的影响力是多么巨大，它已深入人们的骨髓，使其不能自拔。因此，它的反封建意义比一般的爱情婚姻悲剧更为深刻。

其实，新文学阵营也不是铁板一块，虽然大多数新文学家对鸳鸯蝴蝶派全盘否定，但也有少数新文学家态度比较客观，他们对鸳鸯蝴蝶派也给予一定的肯定。鲁迅是其中最突出的一位，他不仅认为某些鸳鸯蝴蝶派的悲剧言情小说是"一大进步"，而且不同意某些新文学家对鸳鸯蝴蝶派消极影响的夸大其词。他说：

> 至于说他流毒中国的青年，那似乎是过虑。倘有人能为这类小说所害，则即使没有这类东西也还是废物，无从挽救的。与社会，尤其不相干，气类相同的鼓词和唱本，国内非常多，品格也相像，所以这些作品也再不能"火上添油"，使中国人堕落得更厉害了。

> ——《关于〈小说世界〉》，载《晨报副刊》
>
> 1923 年 1 月 15 日

这种客观的观点与前述周作人无限夸大鸳鸯蝴蝶派作品能使国民生活陷入"完全动物的状态"乃至"非动物的状态"的观点形成了鲜明对比。当抗日战争爆发后，鲁迅更提倡文学界的抗日统一战线，主张团结鸳鸯蝴蝶派一起抗日。他说：

> 我以为文艺家在抗日问题上的联合是无条件的，只

要他不是汉奸，愿意或赞成抗日，则不论叫哥哥妹妹，之乎者也，或鸳鸯蝴蝶都无妨。但在文学问题上我们仍可以互相批判。

——《答徐懋庸并关于抗日统一战线问题》，
载《作家》月刊第1卷第5期

鲁迅不仅提倡团结鸳鸯蝴蝶派一起抗日，而且主张新文学派与鸳鸯蝴蝶派在文学问题上"互相批判"，这种平等对待鸳鸯蝴蝶派的度量，也与那些视鸳鸯蝴蝶派如寇仇，必欲置诸死地而后快的新文学家形成了鲜明对比。

对鸳鸯蝴蝶派给予肯定的不只鲁迅，还有朱自清和茅盾。朱自清认为供人娱乐是中国传统小说的特点，因此不赞成将"消遣"作为罪状来批判鸳鸯蝴蝶派小说。他说：

在中国文学的传统里，小说……更是小道中的小道，就因为是消遣的，不严肃。不严肃也就是不正经，小说通常称为"闲书"，不是正经书。……鸳鸯蝴蝶派的小说意在供人们茶余酒后的消遣，倒是中国小说的正宗。

——《论严肃》，载《中国作家》创刊号

茅盾也承认鸳鸯蝴蝶派小说也"写家庭冲突，甚至写劳动人民的悲惨生活"。他还从艺术性方面对鸳鸯蝴蝶派小说给予一定肯定。他认为鸳鸯蝴蝶派的有些长篇小说"采用西洋小说的布局法"，如倒叙法、补叙法，以及人物出场免去套语、故事叙述"戛然收住"等等，这一切是对"旧章回体小说布局法的革命"。还认为鸳鸯蝴蝶派的有些短篇小说学习了西洋短篇小说"截取一段人生来描写，而人生的全体因之以见"的方法："叙述一段人事，可以无头无尾；出场一个人物，可以不细叙家世；书中人物可以只有一人；书中情节可以简至只是一段回忆。……能够学到这一层的，比起一头死钻在旧章回体小说的圈子里的人，自然要高出几倍。"（《自然主义与中国现代小说》，载 1922 年 7 月 10 日《小说月报》第 13 卷第 7 号）

鲁迅、朱自清、茅盾毕竟属于新文学派，因此他们对鸳鸯蝴蝶派的肯定是有限的。我们应该摆脱成见与束缚，从中国文学史的角度，对鸳鸯蝴蝶派做出客观公正的评价。

三、如何看待冯玉奇的小说

我们澄清了以上有关鸳鸯蝴蝶派的三个问题，等于为介绍冯玉奇的小说提供了一个坐标，也等于为读者提供了一把参照标尺。读者用这把标尺，就可自行评判冯玉奇的小说了。

冯玉奇于 1918 年左右生于浙江慈溪，笔名左明生、海上先觉楼、先觉楼，曾署名慈水冯玉奇、四明冯玉奇、海上冯玉奇。据说他毕业于浙江大学（一说复旦大学）。1937 年九一八事变后寄居上海，感山河破碎，国事蜩螗，开始写作小说以抒怀。其处女作为《解语花》，由上海春明书店出版。出版后旋即由东方书场改编为同名话剧，演出后轰动一时。那时他才十九岁。由此一发而不可收，至 1949 年 7 月《花落谁家》出版，在短短十来年时间里，他创作的小说竟达一百九十多种，平均每年近二十种，总篇幅应该不少于三千万字，只能用"神速"来形容。这时他只有三十一岁。近现代文学史料专家魏绍昌先生（已去世）所编《鸳鸯蝴蝶派研究资料（史料部分）》（上海文艺出版社 1962 年10 月出版）开列的《冯玉奇作品》目录只有一百七十二种，也有遗珠之憾。不过我们从这一目录中仍可确定冯玉奇是一位以写言情小说为主的通俗小说作家，因为在一百七十二种小说中，言情小说占有一百二十二种，其他小说只有五十种：社会小说三十四种、武侠小说十四种、侦探小说两种。

冯玉奇不仅是一位写作神速且极为多产的通俗小说作家，还是一位热心的剧作家和剧务工作者。早在他二十六岁（1944 年）时，就担任了越剧名伶袁雪芬的雪声剧团的剧务，并为之创作了《雁南归》《红粉金戈》《太平天国》《有情人》《孝女复仇》五大剧本，演出效果全都甚佳。在他二十七到二十八岁（1945～1946）时，又与他人合作，前后为全香剧团和天红剧团编导了《小妹妹》《遗产恨》《飘零泪》《义薄云天》《流亡曲》等二十多个剧本，演出效果同样甚佳。可见冯玉奇至少写过十几个剧本。

冯玉奇一生所写的小说和剧本总计不下两百五十种，总篇幅可能达到四千万字以上，是名副其实的"著作等身"，是当之无愧的中国最多产的作家，号称多产的同派小说家张恨水也难望其项背。当时的文学作品已是一种特殊商品，冯玉奇的小说如此畅销，其剧本演出又如此轰动，这足可以证明其受人欢迎，这就是读者和观众对冯玉奇的评价，它比专家的评价更为准确，也更为重要。遗憾的是，我们无法看到他的剧作和三十岁以后的作品，也不知其晚景如何，卒于何年。

从冯玉奇的生活年代和创作时段来看，他显然是鸳鸯蝴蝶派的后起之秀，所以尽管他作品如此之多，影响如此之大，而同派的老前辈却很少提到他，这也是"文人相轻"的表现之一。

按说要介绍冯玉奇的小说，应该将其全部小说阅读一遍，但我没有这么多时间，也没有这么大精力，因而只向中国文史出版社借阅了《舞宫春艳》《小红楼》《百合花开》三种，全都是言情小说。因此我只能以这三种言情小说为例加以介绍，这可能会犯以偏概全的错误，因此只能供读者参考。

《舞宫春艳》写了两个纠缠在一起的爱情婚姻悲剧故事：苏州富家子秦可玉自幼与邻居豆腐坊之女李慧娟相恋，由于门第悬殊，秦可玉被其父禁锢，二人难圆成婚之梦。不幸李慧娟生下了一个私生女鹃儿，只好遗弃，自己则郁郁而死。鹃儿被无赖李三子收养，长大后卖到上海做伴舞女郎，改名卷耳。中学生唐小棣先是爱上了姑夫秦可玉家的婢女叶小红，不料叶小红失踪，于是移情于卷耳，但无钱为卷耳赎身，两人感到婚姻无望，于是双双吞鸦片自尽。

《小红楼》的故事紧接《舞宫春艳》：曾经被唐小棣爱过的叶小红的失踪，原来也是被无赖李三子拐卖为伴舞女郎，小棣、卷耳自杀后，小红才被救了回来，并被秦可玉认为义女。经苏雨田介绍，与辛石秋相识相恋而订婚。同时石秋的姨表妹巢爱吾也爱石秋，但石秋既与小红订婚在先，便毅然与小红结婚。爱吾为了摆脱难堪的地位，离家出走，下落不明。石秋奉父命赴北平探望二哥雁秋，在火车站被人诬陷私带军火，被军人押到司令部。可巧爱吾此时已成为张司令的干女儿兼秘书，便设法救了石秋一命。但张司令强迫石秋与爱吾结婚，二人既不敢违命，又固守道德，便以假夫妻应付。后来石秋回到家里，终于与小红团聚。

《百合花开》写了两个紧密相关的爱情婚姻故事：二十岁的寡妇花如兰同时被四十二岁的教育家盖季常和十八岁的革命青年盖雨龙叔侄俩所爱，而盖季常的十六岁侄女盖云仙又同时被三十六岁的银行家杨如仁和十九岁的革命青年杨梦花父子俩所爱。经过许多曲折后，终于两位长辈让步，盖雨龙与花如兰、杨梦花与盖云仙同场结婚。

由以上简单介绍可知，冯玉奇的这三种小说共写了五个爱情婚姻故事，其中两个是悲剧结局，三个是有情人终成眷属。这正如鲁迅所说："有时因为严亲，或者因为薄命，也竟至于偶见悲剧的结局……这实在不能不说是一个大进步。"其次，这三种小说的五个爱情婚姻故事，倒有四个是三角爱情婚姻故事，但它们的情况并不雷同。唐小棣、叶小红、卷耳的三角恋是一男爱二女，辛石秋、叶小红、巢爱吾的三角恋是两女爱一男，而盖季常、盖雨龙、花如兰和杨如仁、杨梦花、盖云仙的三角恋更为异想天开，竟然都是两辈嫡亲男人（叔侄、父子）同爱一个女子。可见冯玉奇极有编故事的才能，从而使作品更具吸引力和娱乐性。又次，这三种言情小说的描写极为干净，没有任何色情描写。除了秦可玉与李慧娟有私生女外，其他人都非礼勿言，非礼勿行。如辛石秋与叶小红因婚礼当天石秋之母去世，为了守孝，新婚夫妻在百日之内没有圆房。而辛石秋与姨表妹巢爱吾为了对得起叶小红，虽被张司令强迫成亲，却只做了几天假夫妻。

从表现形式和艺术手法来看，我觉得冯玉奇的小说与当时新文学的新小说都受了西洋小说的影响，基本相同。譬如：两者都突破了传统小说书名的套路，不拘一格，尤其采用了一字书名和二字书名，如冯玉奇有《罪》《孽》《恨》《血》和《歧途》《逃婚》《情奔》等；而巴金有《家》《春》《秋》，茅盾有《幻灭》《动摇》《追求》。两者的对话方式也突破了传统小说的套路，灵活自如：对话既可置于说话者之后，也可置于说话者之前，还可将说话者夹在两句或两段话之间。至于小说的结构法、叙述法与描写法，更是差不多的。譬如人物描写不再是"沉鱼落雁""闭月羞花""倾国倾城"之类的千人一面，景物描写也不再是"落红满地""绿柳成荫""玉兔东升"之类的千篇一律，而加以具体描绘。这里随便举一个例子：

小红坐在窗旁，手托香腮，望着窗外院子里放有一缸残荷，风吹枯叶，瑟瑟作响。墙角旁几株梧桐，巍然而立。下面花坞上满种着秋海棠，正在发花，绿叶红筋，临风生姿，可惜艳而无香，但点缀秋色，也颇令人爱而忘倦。

这是《小红楼》对莲花庵一角的景物描绘，虽然算不上十分精彩，但作者通过小红的眼睛描绘了院中的三样东西——风吹作响的"枯荷"、巍然挺立的"梧桐"、正在开花的"海棠"，从而衬托出莲花庵幽静的环境，曲折地表明了时在秋季。频繁使用巧合手法是冯玉奇小说的显著特点，可以说把所谓"无巧不成书"用到了极致。巧合手法有助于编织故事，缩短篇幅，增加作品的吸引力等，但使用过多则时有破绽，有损于作品的真实性。冯玉奇的某些小说也采用了章回体，但只是标题用"第×回"和对偶句，"却说""且听下回分解"之类的套语已不再经常出现，因此并非章回体的完全照搬。况且章回体并非劣等小说的标志，它在我国小说史上发挥过巨大作用，产生过杰出的四大古典小说。因此用章回体来贬低冯玉奇的小说，也是毫无道理的。

冯玉奇的小说也有明显的缺点。它们与其他鸳鸯蝴蝶派小说一样，主要注重小说的娱乐性，而忽视小说的社会性和艺术性，因此没有产生杰出的作品。他是南方人而小说采用北方话，加之写作速度太快，无暇深思熟虑，导致语言不够流畅，用词不够准确，还有许多错别字和语病。还有使用"巧合"法太多，有时破绽明显，这里不再举例。

总而言之，冯玉奇既不是"黄色"和"反动"小说家，也不是杰出小说家，而是一位勤奋多产、有益无害的通俗小说家，他应在中国小说史尤其是中国现代小说中占有一席之地。

2017 年 6 月 4 日于北京蜗居

图书在版编目（CIP）数据

童子剑／冯玉奇著. — 北京：中国文史出版社，2018.2
（民国武侠小说典藏文库·冯玉奇卷）
ISBN 978 - 7 - 5034 - 9637 - 0

Ⅰ．①童…　Ⅱ．①冯…　Ⅲ．①侠义小说 - 中国 - 现代
Ⅳ．①I246.5

中国版本图书馆 CIP 数据核字（2017）第 248305 号

点　　校：曹誉峰
责任编辑：蔡晓欧

出版发行：中国文史出版社
网　　址：http://www.chinawenshi.net
社　　址：北京市西城区太平桥大街 23 号　邮编：100811
电　　话：010 - 66173572　66168268　66192736（发行部）
传　　真：010 - 66192703
印　　装：北京盛彩捷印刷有限公司
经　　销：全国新华书店
开　　本：720×1020　1/16
印　　张：11.75　　字数：120 千字
版　　次：2018 年 2 月第 1 版
印　　次：2018 年 2 月第 1 次印刷
定　　价：39.80 元